ふたりの花見弁当

食堂のおばちゃん❹

山口恵以子

角川春樹事務所

目次

ふたりの花見弁当

食堂のおばちゃん4

第一話

おせちのローストビーフ

「みなさん、本年もどうもありがとうございました」

「また新年から、よろしくお願いします」

ランチタイムのお客さんを送り出しながら、一子(いちこ)と二三(ふみ)は頭を下げた。今日は十二月二十八日、本年のランチタイム最終日だ。

「ねえ、新年は九日まで連休しちゃうの?」

代金を支払うときに常連のOLが尋ねた。

「いえいえ、例年通り五日から開店しますよ」

「そうだわ。七草がゆはどうなるの?」

二〇一八年の一月七日は日曜日ではじめ食堂はお休みだ。

「前倒しで五日の金曜日にお出ししようかと思って」

「あ、嬉(うれ)しい」

「そう言えば、今年も六日だったのよね」

一月七日が土曜日に当たったため、前倒しで六日に七草がゆを出した。はじめ食堂は、一般企業の週休二日が浸透してから、土曜日の昼営業はお休みしている。ランチタイムはどうしても会社員中心になるので、客数が激減してしまうからだ。

「どうぞ、良いお年を」

一時を過ぎてお客さんの波が引くと、ご近所に住む常連さんの野田梓と三原茂之がやって来た。

「ああ、今日がランチの食べ納めか。名残惜しいなあ」

三原は少し大袈裟に溜息を吐いた。

「夜は明日までやってますから、よろしかったらどうぞ顔出して下さい」

「そうだなあ。ここの昼がないと栄養不足になるし……お邪魔しようかなあ」

三原は帝都ホテルの元社長で、奥さんを亡くしてから佃のタワーマンションで一人暮らしをしている。昼は毎日はじめ食堂で栄養たっぷりで野菜もたっぷりのランチを食べるが、朝はコーヒーと果物、夜は軽く麺類で済ませるという。退職後も特別顧問の形でホテル運営に携わっているので、週に一度は会食があり、そうやってカロリーをセーブして健康維持に努めているのだった。

「ねえ、牡蠣と白菜のクリーム煮って、新メニューよね？」

梓が黒板に書かれた本日のランチメニューを見て言った。

「うん。この前テレビで観て、美味しそうだからやってみた。ちょっぴりカレー粉が入ってるのがミソ」

「牡蠣だけだとボリューム不足かと思って、厚切りベーコンも入れてあります」

万里が付け足した。テレビでは鶏肉を使っていたが、パンチのある厚切りベーコンにしようと提案したのは万里だ。

本日の日替わりのもう一品はメンチカツ。焼き魚はホッケ、煮魚はカラスガレイ。定番メニューはトンカツと海老フライ。小鉢は餡かけ豆腐、春菊と干しエビの中華風お浸しの二品。味噌汁の具材は大根と油揚げ。それにサラダと季節の漬け物（この時期は主に白菜漬け）が付く。ご飯味噌汁お代わり自由で、ランチ定食七百円。ただし海老フライだけは千円だが、その代わり特大の海老が三本で、自家製タルタルソース（超美味！）かけ放題。結構良心的だと、はじめ食堂のメンバーは自負している。それが証拠に、長く通ってくれる常連さんが多い。新しく移転してきた会社の社員からも、すでに常連さんが何組も生まれている。

「僕も新メニュー食べたいんだが、昨日の夜、イタリアンのコースでねえ。ちょっと胃が……」

三原は胸の辺りを押さえてから、やや未練を残した口調で続けた。

「う〜ん。……煮魚で」

定食セットの用意をしながら、万里は小鉢にクリーム煮をよそい、三原の盆に置いた。ちょっぴり味見のサービスだ。万里もはじめ食堂で働き始めて三年目なので、こういう心遣いはすでにあうんの呼吸である。

「ああ、どうもありがとう」

三原はクリーム煮の小鉢を見て顔をほころばせた。

「ほのかなカレーの香りが良いねえ」

鼻をひくひくさせて、早速牡蠣を口に運んだ。

「……美味しい」

三原と梓が同時に感嘆の声を漏らした。

この料理、美味しいが作り方は簡単だ。小麦粉とカレー粉を混ぜた粉を牡蠣に付け、先にベーコンを焼いたフライパンで軽く焼く。鍋に水とスープの素を入れて沸かし、白菜を軟らかく煮たら、焼き色の付いた牡蠣とベーコンを入れ、小麦粉のとろみが全体に回るように煮る。仕上げに生クリームとバターを入れて、塩胡椒で味を調えて出来上がり。器に盛ってからパセリを振れば彩りも美しい。

「野田ちゃん、明日、どうする？　良かったらおいでよ」

二三は梓の湯飲みにお茶のお代わりを注ぎながら訊いた。例年十二月二十九日の夜は、その年最後の営業日を祝して宴会になる。

「そうね。お邪魔するわ」

梓は銀座の老舗クラブでチーママを務めている。二三がまだ大東デパートのやり手バイヤーだった頃からの付き合いで、当時、二三は梓の店を接待に使い、梓は大東デパートで営業用の服を買っていた。そんなわけで、お互い「ふみちゃん」「野田ちゃん」とタメ口を利く仲だ。

「今年もお正月は新潟に帰るの？」

「うん。母親が元気な内は、顔見せとかないとね」

梓の故郷は新潟で、父はすでに亡く、実家は弟の代になっている。

「だから弟の嫁さんに気兼ねでさ。大晦日に帰っても二日には引き上げないと」

以前、梓はそんな打ち明け話をしてくれた。弟の嫁にお礼を三万円、姪と甥にお年玉一万円ずつで、出費が五万円になると。

「里帰りも大変ねえ」

「うん。だから、母が亡くなったらもう帰らないと思う。そうやって、故郷って遠くなるのよね」

「考えてみれば、あたしもふみちゃんも、故郷ってないのよね。親の代から東京だし」

一子がしみじみと言った。

「そうなのよ。だから『ふるさと』って歌もピンとこなくて。うちは亀戸だから、家がゴミゴミ建て込んでてさ。ウサギなんか追っかけたことないし、川で魚釣ったこともないもん」

三人で声を立てて笑ったのは、何年前になるだろう。

一と書いて〝にのまえ〟と読む。一子のフルネームは一一子で、一二三は一二三となる。

二人は嫁と姑の関係だが、心情的には実の母娘に近い。そして、共にはじめ食堂を営んできた戦友であり、同志でもある。

時刻は一時四十五分、三原と梓が店を出るのとほとんど入れ違いに、三人の新客が入ってきた。

「こんにちはあ。良いですか?」

「あら、メイちゃん。いらっしゃい」

「今日、ランチ最終だから、来ちゃった」

メイは万里の元同級生で、六本木のショーパブで活躍中のニューハーフ。戸籍名は青木皐だったが、性同一性障害によって女性への性転換を希望し、戸籍名も皐に改めた。だから二三も一子も「さつきさん」と呼んでいたのだが、近頃はすっかり打ち解けて「メイちゃん」が定着した。メイも二人を「大奥さん」「奥さん」と呼んでいたのが、今では万里に倣って「おばちゃん」になった。

「あら、なに？　牡蠣と白菜のクリーム煮ですって。美味しそ～！」

「キャ～、小鉢に餡かけ豆腐って、おっしゃれ～！」

けたたましいのはメイの同僚のジョリーンとモニカだった。二人ともメイと一緒に何度もランチを食べに来店し、すでに顔馴染みになっている。

「私、日替わりのクリーム煮ください」

「あたし、メンチカツ定食」

「あたしもメンチね」

ちなみに、メイとモニカは普段着でも女性に見えるが、ジョリーンは筋骨隆々で、女装した男にしか見えない。

「今日で本年のランチ最後だから、残ったもん、全部喰っていいよ。小鉢もサラダもお代わり自由」

万里は三人のテーブルに煮魚と焼き魚の皿を並べた。二三は小鉢にクリーム煮をよそい、メンチカツを選んだ二人の前に置いた。

「良かったら、味見してね。今日が初の新メニューなのよ」

「うわあ、嬉しい」

「おばちゃん、いつもありがとう」

ジョリーンとモニカは声を弾ませた。

「みなさん、年末年始の予定はどうなってるの？」

「うちは元旦の夜明けまでバッチリ仕事。カウントダウンやって、それからニュー・イヤー・パーティーで盛り上がるから」

　焼き魚に箸を伸ばしたメイが答えた。

「あら、美味しい。やっぱり、業務用グリルは違うわね。直火の遠火……」

「この中華風お浸しもすごく美味しいわ。あたし、春菊って鍋物しか知らなかったけど、ゴマ油と合うのね」

　二三と万里は賄いをテーブルに並べ始めた。そろそろ二時になる。今日の来客はメイたちで最後だろう。

「新年はいつから開店するの？」

「五日。金曜日だから、ちょうど良いわ」

「正月はみんな、里帰りとかすんの？」

　万里が尋ねた。話のついでの質問なのに、三人のニューハーフの間にはほんの一瞬、それまでとは違う空気が流れた。

「だいたいみんな東京。長い休みじゃないから、部屋でダラダラしちゃうのよね」

　メイは努めてさりげない口調で答えた。

二三と一子は素早く目を見交わして、暗黙の了解を得た。この三人に限ったことではなく、普通と違う生き方を選んだ人たちは、なかなか家族の理解を得られない。メイは祖父の中条となかじょうとまだ和解に至っておらず、交流は途絶えたままだ。ジョリーンもモニカも似たような境遇だろう。

「うち、店は五日からだけど、良かったら三が日に遊びにいらっしゃいよ。代わり映えのしないおせちとお雑煮しかないけど」

メイたちはパッと顔を輝かせた。

「良いわねえ。あたし、久しぶりにかるた取りやりたいわ」

「初詣はつもうでも行っちゃおうかな」

一子は笑顔で頷うなずいた。

「是非遊びにいらっしゃいな。ご近所には住吉すみよし神社もあるから」

二十九日の夜は、忘年会シーズン最後の大宴会の様相を呈した。店に集う常連客のため、この夜ばかりはお一人様一律三千円、料理は店のお任せで、酒は店にある全すべてが飲み放題だ。

椅子いすが足りないので、若い人や足腰の丈夫な人は立食形式でお願いして、交替で腰掛けてもらったりする。それでも名残を惜しむ常連さんが詰めかけて、はじめ食堂は定員の二倍近い混み様となった。

「いやあ、盛況だなあ」

モエ・エ・シャンドン二本を手土産に店を訪れた三原は目を丸くした。十四代を持参した梓が、横でそっと耳打ちした。

「あたし、一通りいただいてご挨拶したら、早めに退散します」

「うん。そうですね。僕もそうします」

カウンター越しに声をかけると、二三と一子が驚いて外に出てきた。

「まあ、すみません。こんなお高い物を」

「今日、お代結構ですから、ゆっくり召し上がってって下さい……と言ってもお喧しくて、すみません」

「いえいえ、こういう雰囲気も好きですから」

「あたし、明日早いから早めに失礼するね。でも、みなさんのお顔が観られて嬉しいわ」

梓は顔見知りの山手政夫・後藤輝明・辰浪康平を見て、三人のいる方へ寄って行った。

今夜は二三の一人娘の要も、エプロン姿でお運びと皿洗いを手伝っている。小さな出版社に勤めていて、前日が仕事納めだった。日頃家のことはなにもしないので、こんな時くらい役に立たないとバチが当たる。

「大皿に盛ってある料理はお好きに取って召し上がって下さい。これから海老フライと一口カツが揚がりまあす！」

二三が声を張り、要は生ビールのピッチャーをテーブルに運んだ。一子は油鍋の前に立ち、慣れた手つきで揚げ物を続けている。万里はカウンターにずらりと並んだ大皿からラップを剝がしていく。

大皿料理はキャベツのペペロンチーノ、春菊と干しエビの中華風お浸し、ホウレン草のゴマ和え、カブと鶏肉団子のゼリー寄せ、鰯のカレー揚げ、麻婆豆腐、牡蠣と白菜のクリーム煮、トマトオムレツ、それに加えてローストビーフまで鎮座している。勿論、はじめ食堂のオーブンで焼いた自家製である。

「これで一人三千円たあ、持ってけドロボウだよなあ」

「おじさん、自分にツッコんでどうすんの」

山手と康平が大皿の前で軽口を叩き合っている。積み重ねた取り皿がどんどん減り、料理も少なくなって行く。

「無くなったらすぐに足しますから、どうぞご遠慮なく」

テーブルを回って空になった取り皿を回収しながら、万里が愛想良く声をかけた。手早く洗って元の場所に重ねておかないと、取り皿が足りなくなる。

大皿に目を遣ると、案の定、一番先に無くなったのはローストビーフだ。

あらかじめ切って皿に並べると冷めてしまうし、せっかくの肉汁が流れてもったいないので、塊のままアルミホイルを敷いた長手盆にデンと載せ、切り分け用にナイフとフォークを添えてある。その勇姿を目にすると、みんな理性を失うらしく、やたら分厚く切って皿に取るものだから、あっという間に無くなってしまった。

「おばちゃん、ローストビーフ追加ね」

万里はカウンター越しに声をかけ、新しいグラスを運んだ。

二三はすぐに、火を落としたオーブンで保温しておいた肉の塊を取り出した。表面を覆っていたアルミホイルを剝ぐと、ふわりと湯気が立ち、食べ頃感は満点だ。

最初はビールで始まったが、時が進むと日本酒に移行する人が増え、酒屋の若主人の康平が持ち込んでくれた飛露喜・口万・貴等の銘酒はすぐ空になった。

「後はハウスワインならぬハウス日本酒になります。どうぞ、無くなったら勝手に冷蔵庫から出して吞んで下さい」

二三は冷蔵庫から取り出した一升瓶をカウンターに置いた。

「二三さん、今日のゼリー寄せも美味しいわね。生姜の風味で」

近くの高級マンションに住む料理研究家菊川瑠美が声をかけた。

「これは中華風なんです。来年は夏にイタリア風もやろうと思うんですよ。ズッキーニとトマトとセロリ、チーズなんか具材にして、バジル風味で」

「良いわねえ。是非やって下さいな」

瑠美は同意を表すように、割箸で皿の縁を軽く叩いた。

「考えてみればゼリー寄せって、具沢山のスープをゼラチンで固めた料理ですものね。季節に合わせて、和・洋・中、色々だわ」

「先生にそう仰っていただくと、自信が持てますよ」

揚げたての海老フライと一口カツも、四方八方から箸が伸び、見る見る減って行く。

「みなさん、そろそろシメのご飯、お出しします！」

二三の合図で、万里と要は大皿の上の少なくなった料理を小さめの皿に移し、カウンターに場所を空けた。そこを新たに占領したのは業務用ジャーと焼きタラコ・焼き鮭・漬け物の丼、そしてポット。

「おかずはお好きにトッピングして召し上がって下さい。ポットにはお出汁が入ってますから、お好みでだし茶漬けにして下さいね」

早速康平がジャーの蓋を開け、真珠色のご飯を茶碗によそった。ガスで炊き、蒸らしてからジャーに移したご飯は、ふっくらしていながらベタつきがない。

「ああ、やっぱりここのご飯は違うよな」

ほのかな甘い香りにウットリ目を細めると、漬け物をトッピングした。白菜漬けとキュウリとカブの糠漬けは、一子自慢の自家製である。

「タラコと鮭はお茶漬けにした方が良いかな？」

後藤輝明が誰にともなく呟くと、早速山手が口を出す。

「お茶漬けっつったらお香々だろ？」

「ほら、あれ、お茶じゃなくて出汁だから……」

この頃になると忙しさも一段落だ。一子は前掛けを外した。

「おばちゃん、お疲れ」

「いっちゃん、今日はご馳走さん」

カウンターから出てきた一子に、康平はさっと椅子を勧め、山手はビールを注いだグラスを手渡した。

「どうもありがとう。ふみちゃん、万里君、要も、お疲れさん。一服させてもらおう」

「は〜い」

真っ先に返事したのは要だ。

「あ〜、しんど。足がパンパン」

「どんだけ？　たいして働いてないじゃん」

幼馴染みで同級生の要と万里は、お互いツッコミに遠慮が無い。

「あんたと違って私は日頃デスクワークなの。慣れないことすると疲れるのよ」

「お前、やっぱ、結婚無理だな」

「万里君、それを言っちゃお終いよ」

二三が決めゼリフを言うと、二人は笑って矛を収めた。

三人はそれぞれ皿に料理を取り分けたが、感心なことに万里は真っ先に一子の前に料理を持っていった。

「ありがとう、万里君」

「おばちゃんこそ、お疲れ様」

はじめ食堂の面々は、ビールで喉（のど）を潤しながら料理を頬張（ほおば）った。開店前に軽く食べてはいるが、夜九時を過ぎて、さすがに腹が減っていた。

康平が万里のグラスにビールを注ぎ足してやった。

「あのローストビーフ、お前が焼いたんだってな？」

「うん。美味（うま）かったでしょ。俺って天才かも」

「そこまで言うか？」

周囲でどっと笑い声が起きる。本年最後のはじめ食堂の夜も、そろそろ終りが近づいた。

「ご馳走様でした」

「来年もお待ちしてます。どうぞ良いお年を」

一子と万里、要は店の入り口に並んでお客さんを見送った。二三はカウンターに戻って中から頭を下げた。

最後に山手・後藤・康平・瑠美の四人が店に残った。

「後藤さん、菊川先生、これ、お土産」

二三が手提げ袋を二つ提げて、カウンターから出てきた。中には料理の残りを詰めた小さなタッパーが六個ずつ入っている。

「いやあ、すみません。助かります」

後藤は嬉しそうに笑顔を見せた。妻に先立たれ、一人娘は結婚して大阪在住で、一人暮らしの七十四歳。食事ははじめ食堂で食べる以外、ほとんど毎日カップ麵とコンビニ弁当で済ませているらしい。

「こちらは先生に。専門家に素人料理でお恥ずかしいですが」

「まあ、とんでもない！　嬉しいわ。ありがとうございます」

瑠美も満面に笑みを湛(たた)えた。

「私ね、ホントのこと言うと、仕事で料理作ってるから、プライベートで料理したくないの。疲れちゃって。とっても助かります」

瑠美は順番待ち一年の人気料理教室を主宰するほか、月刊誌と週刊誌に料理の頁(ページ)を持っている。毎月十種類以上、新しいレシピを考案しなければならないので、普通の家庭料理が恋しいのだという。

「じゃあ、また来年、はじめ食堂で」

四人の常連客は、それぞれ別れの挨拶を交わし、店を後にした。

「さ、片付けよう！」

「四人でやれば、あっという間だよ」

一子がカウンターに向うと、要が心配そうな顔をした。

「お祖母ちゃんはもう、二階で休んだら？　疲れたでしょ？」

「分ってないなあ。おばちゃんは要とは鍛え方が違うんだよ。ねっ？」

一子はニッコリ笑って万里に頷いて見せた。

「その通り。疲れてるのは要でしょ」

万里の言う通りだと、二三は少し嬉しくなった。確かに一子は年より若々しくて体力もある。だが、来年は八十五歳だ。十年前よりは確実に体力も仕事量も落ちているし、これから先、下がることはあっても上がることはない。

それでも、食堂の仕事を続けることによって、下降のスピードを緩めることは出来る。限りなくゼロに近づけることが出来る。だから、一子はこれからも「食堂のおばちゃん」であり続けなくてはいけないのだ。二三のために、店のために、そしてみんなのために。

大晦日、除夜の鐘が遠くで鳴っている中、佃大通りには人の姿が目立ち始める。初詣に向う人たちだ。以前はほとんど氏子だけだったが、高層マンションが出来てから急に初詣の人数が増えた。佃には住吉神社の他に森稲荷神社と波除稲荷神社もあって、昔からの住人は今も律儀に三つの神社に詣(もう)でている。

住吉神社では年末年始の期間中、お焚上げ(たきあ)をやっていて、不要になったお守り・お札・破魔矢などを持参して清めていただくのだが、やはり大晦日に持ち込む人が一番多い。近頃は消防法によってお焚上げをしなくなった神社も増えたが、夜空を赤々と照らす炎を見ながら迎える新年は、格別の趣がある。

勿論(もちろん)、二三・一子・要の三人も、三つの神社を満遍なく回って柏手(かしわで)を打ち、家路につく。

昔は「紅白歌合戦」と「ゆく年くる年」を観て除夜の鐘を聞いてから初詣に出掛けたが、さすがに最近は「紅白」は観なくなった。それでもピリッと肌を刺すような大晦日の夜の空気を感じると、新しい年を迎える気構えのようなものが出来て、身が引き締まる。

「あけましておめでとうございます」

「おやすみなさい」

新年と就寝の挨拶を交わし、三人が布団に入ったのは深夜二時の少し前だった。

一家(にのまえけ)の元旦はゆるい。たっぷり朝寝を楽しんで、十時過ぎに起き出してくる。

「ふあ～」

中でも一番の朝寝坊は要だ。膳におせちが並んで雑煮の汁が出来上がる頃、まだ眠そうな顔で茶の間に現れる。

「ふああよ〜」

「なにそれ？　元旦くらいちゃんとしなさいよ」

「ふあ〜い。おはようございます」

　要はさっさと炬燵に潜り込んだ。ローストビーフ・昆布巻き・鮭なます・イカと大根の煮物・白インゲン豆のきんとんが、一家の定番おせち料理である。

「いつも不思議なんだけどさあ、どうしてうちのおせちってローストビーフなわけ？」

「保存が利くからね。豚の角煮にしてた時期もあるんだけど、いつの間にかローストビーフになったわねえ」

　一子が懐かしそうに目を細めた。亡き夫の孝蔵は家では料理をしなかったが、ローストビーフだけは焼いてくれた。今は一子が焼いているが、あの絶妙な火加減は再現できないと思う。

「肉・魚・野菜・海藻がバランス良く入ってると思わない？　三が日の保存食としたらベストな取り合わせだと思うけどな」

　雑煮の汁の味見をしていた二三が振り返った。二階にも小さな台所があって、家族三人分の調理なら一階の厨房に降りなくても用が足りる。

「お餅、いくつ？」

「一個。ねえ、お母さん、カマボコと伊達巻きも出してよ」

「はいはい」

雑煮は最初は東京風だったが、具材が小松菜だけでは寂しいので椎茸・鶏肉・卵などを加え、カマボコと焼き海苔をトッピングして、今では国籍不明になっている。

「この頃の若い子はお餅を食べないねえ。あたしが子供の頃は、いくつ食べられるか競争だったのに」

「だってお祖母ちゃん、お米の消費量自体が減ってるもの。今は一九六〇年、つまり約六十年前と比べて、半分しか食べないんだって」

「おや、まあ。罰当たりな」

「ホントよ。お米はヘルシーでダイエット効果もあるって、欧米では注目されてるって言うのに」

雑煮の入った大ぶりの椀を膳に並べながら、二三が言った。

「去年雑誌で見たわ。『米二合ダイエット』」

「そう言えばお母さん、糖質制限ダイエットするって言ってなかった？」

「そのつもりでダイエット特集号買ったら、後ろの頁に米二合ダイエットも載ってたのよ。こっちの方が簡単だし、日本人には合ってるかな、と思って」

「で、効果あった？」

二三は無念そうに首を振った。

「うち、ランチのおかずが美味しいじゃない。だからついつい食べ過ぎて、お米二合はとても食べらんなかった」

「で、結局太ったんだ」

二三はますます無念そうに頷いた。隣では一子が必死に笑いをかみ殺している。

「どういうわけか、うちじゃおせちのきんとんって、栗でも芋でもなくて、この豆だったわ」

白インゲン豆を箸で口に運び、一子がしみじみと言った。

「うちもですよ。それに、母は毎年白インゲン豆の粉で、水羊羹（ようかん）を作ってくれました。食紅と食青で色付けて、ピンクと緑の二色。お正月はあの水羊羹が楽しみで……」

二三も懐かしむ口調になった。母の自慢の水羊羹の作り方を教わっておけば良かったと、今更のように悔やまれる。二三が作ると、どうしても粉が均等に混ざらず、上澄みのような透明部分が出来てしまう。

二三の家は親子三人のサラリーマン家庭だったが、それでも暮れは忙しかった。大掃除とおせち作り。どこの家も年末はバタバタしていた。障子も畳も張り替えた。畳は畳屋さんに頼むが、障子張りは家族の仕事だ。表に戸を出して束子（たわし）で洗い、乾かしてから張り替える。二三もよく手伝わされた。水は冷たかったが、障子紙を剝がして丸裸にするのは楽しかった。

父は普段、家事は何もしなかったが、年末のおせち作りのために鰹節を削るのは父の仕事だった。そう、二三の幼い頃はパック入りの削り節など売っていなかった。鰹節は一本丸ごと買って、箱形のカンナで削るのだ。それは子供の役目のことが多く、二三も夕飯の味噌汁用に鰹節を削らされた。

あれは二三が幼稚園に通っていた頃の大晦日のことだ。

「ふみちゃん、そろそろ顔洗って寝なさい。お鍋にお湯が沸かしてあるから、うめて使ってね」

そう、その頃の日本の一般家庭には、まだガス湯沸かし器が今ほど普及していなかった。だから寒い冬の朝は、湯たんぽの中の冷めて生温かくなった昨夜のお湯や、鍋に沸かしておいた湯を使って顔を洗ったりした。

台所のガスコンロの上には鍋が二つ載っていた。二三は何の疑いもなく手前の鍋の蓋を開けた。中の水は何故か黄色っぽかったが、すでに眠くなっていたこともあり、そのまま柄杓で洗面器に入れた。ちょうど良い湯加減で、水道の水で薄めなくても熱くなかったから、結構たっぷり使って顔を洗った。

台所を出るところで入れ違いに入ってきた母が、鍋の蓋を開けて頓狂な声を上げた。

「ない！」

二三は、昆布と鰹節を煮て漉した貴重な一番出汁で、顔を洗ってしまったのである。

怒られた記憶はないから、多分両親は二三のおっちょこちょいを笑い合ったのだろう。
それからまた父が必死に鰹節を削ったのだと思うと、今でも微笑ましい気がする。

「うちはラーメン屋だったから、大晦日はかき入れ時で、遅くまでお客さんが来て忙しくてねえ。今考えると、母はどうやってお正月の支度をしたんだろうか」

「昔の母親って、とにかく働き者でしたよねえ」

嫁と姑がしみじみ昔を懐かしんでいる間に、要は雑煮を食べ終えてローストビーフをパクついていた。

「お母さん、私、今年は着物着る」

唐突な発言である。

「どうしたの、急に？」

成人式の時も「どうせ振り袖なんか着ないから、その分現金でちょうだい」と言った娘なのに。

「取材で評論家の畠山睦子先生にお目に掛かったらさあ、着物着てて超格好良かったの。地味～な茶色っぽい格子柄で、帯が芥子色で、もうなんつーか、渋いの。シックで。ああいう着物なら着てみたいと思って」

目の前にその着物と帯が甦ったのか、要はウットリと目を細めた。

「畠山睦子って、確かアナウンサー出身だったわよね？」

「うん。去年お母さんとの長年に渡る確執を本に書いて、ベストセラーになった人」

「いくつだっけ？」

「七十五歳。昭和十七年生まれなんだって」

「あらあ、もうそんな年齢なの？　若いわねえ」

たまにテレビでコメンテーターを務めるので、二三も畠山睦子の顔は知っていた。とてもそんな年には見えない。

「お母さん、最近の中高年、若いわよ。吉永小百合だって昭和二十年生まれなんだから」

「芸能人は別物よ。見た目で喰ってるんだから」

母親の意見はまったく無視して、要は再び目を細めた。

「私も畠山先生みたいな大人の女性になりたいんだ。趣味の良い着物をシックに着こなして、趣味の良いお家に住んで、趣味の良い家具や食器に囲まれて、趣味の良いお友達が一杯いて」

二三は一子を見て鼻の頭にシワを寄せた。要は趣味と呼べるようなものを何も持っていない。強いて言えば食べ歩きくらいだ。

「昔は普段着に着物を着てる人も大勢いたけど、今じゃすっかりイベント用になっちゃったからねえ」

「ホントにねえ。最近の若い人が着物着るのは七五三と成人式、卒業式で袴穿いて、後はお友達の結婚披露宴くらいじゃないかしら」

要は当然ながら、卒業式に袴を穿いていない。同級生は二人結婚したが、どちらもジミ婚で、披露宴はなかった。

「でも、私も人のことは言えないわ。七五三の他に着物を着たのは、結婚式のお色直しだけだもん」

二三の母は小学校六年の時に亡くなった。二年後父は再婚し、継母はすぐに二人の子供を産んだ。継母は二三と実子を差別しないように気を遣ってくれたが、生さぬ仲にはどうしても遠慮がある。成人式を迎えるに当たって、二三は振り袖を断った。まだ幼い弟と妹の養育に金がかかるのに、役にも立たない着物のために大金を使わせるのは心苦しかった。

「うちの母は、私が小学校に上がるまでは、冬は家で着物を着てたわ。普段着のウールだけど」

近所でも着物を着ている人をよく見かけた。別に飲み屋の女将でなくても、普通の主婦も昭和四十年代までは気軽に着物を着ていた。それは当時のテレビドラマを再見すればよく分る。例えば「時間ですよ」では、銭湯の女主人役の森光子は常に和服姿だった。

「鶏が先か、卵が先かじゃないけど、やっぱり自分で着られない人が増えたからだろうね。いちいち美容院へ行って着付けてもらうんじゃ、結婚式でもないと着られないよ。お金もかかるしね」

「畠山先生も、お祖母ちゃんと同じこと言ってたよ。みんな初体験が美容院の着付けだから、それがトラウマになって、自分で着てみようって意欲がなくなるんだって」

　要は豆きんとんを箸でつまんで口に入れた。

「美容院の着付けは写真撮るためだから、何本も紐使って、あちこち補正して、身動きできないくらいガチガチにするけど、昔の人は着物着て働いてたんだから、そんな着方してないって。もっと簡単で楽な着方をすれば、着物はすごくリラックスできる衣装だって」

「その先生、良いこと言うねえ」

　要はうんうんと頷いた。

「畠山先生が心配してるのは、このままじゃ着物文化が消滅するってことなの。今、もし成人式がなくなったら、呉服屋さんの半分は潰れるんじゃないかって。そしたら、染色や織物の職人さん、和裁士さん、和装小物の職人さんも、みんな共倒れだって」

　要は箸をギュッと握りしめ、マイクのように胸元へ引き寄せた。

「この危機を打開するためには、若い人に着物を普及させる以外ないって仰ったわ。だから私は着物文化興隆のために、今年のお正月は着物に挑戦するのよ！」

　要は機械仕掛けの人形のように首を左右に振ってから、ピタリと一子に顔を向けた。

「だからさ、お祖母ちゃん、着物貸して！　明日、初詣行くんだ。着物でびっくりさせてやる」

今は多少縮んでいるが、一子はかつて身長百六十センチだった。昭和初期の生まれとしては背が高い。要は百六十三センチなので、一子の着物ならサイズもピッタリだ。

「構わないけど、あたしのは地味だよ」

「だから良いのよ。私、演歌の歌手やクラブのママさんが着てるよう派手な着物じゃなくて、畠山先生みたいな着物が着たいんだから」

「それじゃあ紬か、小紋だねえ」

食事の後片付けが終わると、女三人は早速一子の箪笥を開けて、着物を引っ張り出した。着物は着ても着なくても女心をときめかせるらしく、三人ともちょっぴりウキウキした。畳紙から取り出した着物をずらりと座敷に並べる。一子の着物は紬も小紋も抑えた色目で、縞模様が多かった。鰹縞・子持ち縞・よろけ縞・やたら縞……日本の誇る伝統的な模様である。

「かっこい～！　やっぱ、お祖母ちゃんセンス良い！　渋い着物ばっかりじゃん」

要は興奮して身を乗り出した。

「私、これとこれが気に入った！」

鰹縞という青系統のグラデーションで縞模様を織り出した紬の着物と、一面に紫の細かな絞り染めが施された小紋の着物。

「これは南部絞りって言ってね。孝さんが岩手に行った時、お土産に買ってきてくれたのよ」

孝蔵の顔が瞼に浮かび、一子は懐かしさに頬を緩めた。

「そしたら、これを作ったおばあさんが『旦那さん、奥さんに三十年は可愛がってもらって下さいね。三十年着ないと味が出ないですから』って言ったんだって。あたしはそれを聞いて感動しちゃってねえ。そろそろ五十年になるけど、大事にしてるのよ」

南部絞り染めは紫根染めと茜染めがあって、どちらも明治維新で途絶えた技術を大正期に復活させた。生地には木綿を使うが、袷に仕立てる場合、裏地は絹を使う。有松絞りと並ぶ、日本を代表する絞り染めだ。

「要、こっちの鰹縞にしなさい。南部絞りはまだあんたにはハードルが高い」

「うん。こんな大事な着物、汚したら大変だし」

「それじゃ、帯を選ばないとね。え〜と、織りの着物に染めの帯……と。これ、これ」

一子は白地に椿の花を染め出した名古屋帯を選び出した。

「あら、ステキ。椿の紅が利いてるわ」

着物の上に帯を置くと、コーディネートの善し悪しがひと目で分る。帯揚げは水色、帯締めは紺色でまとめた。きりりと引き締まっているが、一点ほのかな華やぎがある。

「もう、バッチリ！　すごいステキ！」

要はすっかりご機嫌だ。

「ねえ、お母さんは着物持ってないの？」

要はご機嫌ついでに訊いただけで、他意はない。分っているのに、二三は一瞬心が痛んだ。

「ふみちゃんの世代は、もう着物離れが進んでるからね。要の友達のお母さん方も、みんな着物着ないでしょ？」

さりげなく、一子が答えた。

「そうね。見たことない。結婚式しか着なくなっちゃったんだね」

二三の亡くなった母親は池内淳子に似て、着物がよく似合った。高価な品ではなくても、おしゃれ着と晴れ着を何枚か持っていた。しかし、いつの間にかそれらの遺品は箪笥から消えていた。子供ながらに「お母さんの着物はどこへ行ったの？」と訊いてはいけないことは察していた。まして、イヤな顔もせずに金のかかる私立の大学の入学金と授業料を出してもらった以上、忘れるしかなかった。

それから長い間思い出すこともなかったのに、不意に脳裏に浮かんでしまったのは、ずらりと並んだ着物に刺激されたからか。それとも……？

きっと、幸せだからだ。

二三は改めて気が付いた。悲しいことを思い出しても、今ならもう大丈夫。傷ついたりしない。要がいて、一子がいる。かけがえのない家族。そして、亡き夫高(たかし)との思い出がある。この世とあの世に別れても、結んだ心が消えることはない。

二三は明るい声で言った。

「要、三日も着物着ると良いよ。メイちゃんたちが遊びに来るから、万里君も誘って、みんなで遊びに行っておいでよ」


一月三日の正午ピッタリに、華やかな三人組は現れた。

「あけましておめでとうございま～す！」

「本年もよろしくお願いしま～す！」

「お言葉に甘えてきちゃいました～！」

普段は普段着でラフな格好だが、今日は正月のせいか三人ともおしゃれして決めている。メイとモニカはワンピースだが、ジョリーンは豪華な和服姿だった。

「ようこそ。さあさあ、どうぞ」

食堂のテーブルにはおせち料理を並べてある。野菜不足を気遣って、今日は特別にサラダも作った。

「あ、ローストビーフがある！」

「……良い匂い」

三人は早速ローストビーフに目を留めた。一子が先ほど焼き上げたばかりで、出来立てのほやほやだ。

「おせちにローストビーフって、ステキ！」

三人がはしゃいでいるその時、再びガラッと戸が開いた。

「あけまして……あれ、遅れた？」

入ってきたのは万里だ。珍しくスーツを着て、手に大きな紙袋を提げている。

「あらあ、万里君！」

「まあ、格好いいわあ」

「本年もよろピクね〜！」

ミスターレディたちが歓声を上げた。

「おばちゃん、今年もよろしくお願いします。これ、うちの親からお年賀です。デザートに召し上がって下さいって」

「まあ、すごい！」

二三と一子も歓声を上げた。桐箱(きりばこ)入りのメロンだった。それも二つも！

「みなさ〜ん、デザートは万里君のお持たせで、桐箱入りのメロンですよ〜！」

「きゃ〜！」

一子が雑煮を作りにカウンターに入ると、二三は冷蔵庫から三原にもらったモエ・エ・シャンドンを取り出した。

「乾杯はシャンパンで！」

歓声が上がるのはこれで何度目だろう。

「おばちゃん、俺が開けるよ。グラス出して」

そこへ二階から要が降りてきた。

「どうも、みなさん、いつもご贔屓にありがとうございます」

万里は目を見張り、ハッと息を呑む顔になった。

「お前、急にどうしたの？」

「良いでしょ？　お祖母ちゃんに借りた」

要は袖を広げてくるりと回った。今日の着物は縮緬の小紋で、グレーの地色に輪郭のぼうっと霞んだ、ホタルぼかしという模様がちりばめられている。帯は紗綾形模様のつづれ織りを合わせた。ボーイッシュに決めた昨日とは打って変わって、上品でフェミニンなコーディネートだ。

「まあ、要ちゃん、ステキ」

「すごく良い着物ね」

「オーソドックスで品が良いわ」

メイたち三人に褒めてもらって、要は満面の笑みだ。日頃からおしゃれの研究に余念のない〝彼女〟たちは、センスが良い。

「ジョリーンさんの着物も素晴しいわ。見事な着こなしですよ」

雑煮を運んできた一子が賞賛した。

「あらあ、おばちゃんに褒められると恥ずかし〜」

「ホントよ。歌舞伎の役者さんみたい。舞台映えすると思うわ」

二三も感心していた。ジョリーンの着物はブルーの地に大きな洋花を染め出した大胆な訪問着で、大柄な体型によく似合っている。着付けも女形の役者のように、大きく襟を広げて半襟をたっぷり見せ、帯も幅広に巻いている。女性より広い肩幅と太い首をカバーする、まことに理に適った着こなしだ。

「ジョリーンさん、着物のことすごく勉強なさったのね。偉いわ。私も要も、自分じゃ全然着られないのよ」

「イヤだあ、おばちゃん。そんなに褒めないで」

ジョリーンは袖口を口元に当てて、嬉しそうに身をくねらせた。

ポンッと景気のいい音を響かせて、万里がシャンパンの栓を抜いた。

「カンパ〜イ！」

一同はグラスを合わせ、美酒を味わい、おせちと雑煮に舌鼓を打った。

「不思議ねえ。こうやっていただくと、ローストビーフっておせちにピッタリって感じがする」

メイがローストビーフにワサビ醬油を付けて言った。ちなみに一家では、おせちのローストビーフはワサビ醬油・ソース・ケチャップ&マヨネーズを添えて出す。

「うちは元々洋食屋だったから、その流れで定番になったのね」

「最近は洋風とか中華風とかあるから全然違和感ないけど、何十年も前におせちに洋風を取り入れたのは、先見の明だと思うわ」

「日本料理も百年前とは変ってるもの。おせちだって時代の流れに沿って変って行くんでしょう」

一子がしみじみと言った。

「時代によって材料や調味料が変っても、作る人の心がこもっていれば、それがその家の味なんだと思うわ」

二三もしみじみした口調になる。いつの間にか実の親と暮らした年月よりも、一子と暮らした年月の方が長くなった。もうすっかりこの家の定番料理になったのだ。

食事が終ると、二三はみんなに初詣に行くように勧めた。

「せっかくステキな格好してるんだから、近所じゃもったいないわ。明治神宮とか神田明神とか、派手なところへ行ってらっしゃいよ」

「派手なところって……」

万里は苦笑したが、要とメイたちは行く気満々だった。

「明治神宮は？」

「やめた方が良いわよ。あそこは通勤ラッシュ並だから」

「靖国神社も混みそうね」

「初詣はどこも満杯よ。増上寺は比較的回転率が良いって話よ」

「なによ、それ？　居酒屋じゃないんだから」

「やっぱ浅草じゃない？　レトロだし」

「そうね」

初詣はあっさり浅草寺に決まった。

二三は要に道行きコートを着せかけながら言った。

「ねえ、松屋に『とらや』が入ってるから、帰りに羊羹買ってきて。黒砂糖の」

「お母さん、ダイエットはどうすんの？」

「正月に無粋なこと言うんじゃないわよ」

「あ～あ」

と言うわけで、五人は浅草の浅草寺へ出発した。

一月三日、午後三時。浅草寺の境内は人が溢れ返っていた。

初詣に限らず、近頃の浅草は外国人観光客でいつも賑わっている。そして、その外国人の一割くらいが着物を着ている。みな着物のレンタルと着付けを行う業者を利用しているのだ。

着物のレンタルと着付けの業者が登場したのは、京都の方が先だったらしい。当初は若い日本人旅行者相手に始めた商売だったが、意外にも外国人観光客の利用が増えた。今では京都でも浅草でも、着物姿の外国人は珍しくない。これも文化交流の一つと思えば、歓迎すべき現象だろう。

しかも、着物を着ている大柄な外国人が何人もいるので、ジョリーンの着物姿も悪目立ちしない。板に付いた着こなしが歌舞伎役者のようで「ビューティフル！」と賞賛を浴びたほどだ。

人混みに押されながらも、五人は無事お参りを済ませることが出来た。

「私、お母さんに頼まれたとらやの羊羹買いに行くけど、万里たち、どうする？」

「あっちの量販店見てるよ。ノートパソコン、買い換えないとヤバいんで」

「じゃ、買い物終わったら合流するね」

要は松屋に向い、万里とメイたちは花川戸寄りにある家電量販店に向った。

店に入ってもメイたちのマシンガン・トークは止まらない。

「あら、このコーヒーメーカー、可愛い～」

「うそっ！　炊飯器が十万円だって」

「水蒸気で唐揚げが出来るって、どゆこと？」

　万里は周囲を見回して、パソコンコーナーを探した。ゆっくりそちらに移動する途中、ふと目が留まった。

　二人の制服姿の中学生が、デジタルカメラの陳列棚の前に立っていた。一人が身体(からだ)で隠すように前に立ち、その背後にいるもう一人が商品を摑(つか)み、素早くズボンのポケットに押し込んだ。

　万里は少年と目が合う前に顔を背けた。どうしてこんなものを見てしまったのだろうと、一瞬後悔した。

　少年たちの制服は詰め襟だが金ボタンではなく、ホック式だった。それだけでも珍しいのに、襟の徽章(きしょう)に見覚えがある。父の千里(せんり)が長年校長を務めている私立学校の徽章だ。

　二人の少年はどちらも小柄だった。ぱっと見ただけだが、気弱な印象だ。私立の中学に入学させるような家庭なら、ある程度経済的に余裕があるはずで、金に困って万引きしたとは思えない。

　それなのに、何故(なぜ)？

「どうしたの？」

　いつの間にかメイが横に立っていた。

「実は……万引き。あれ、親父の学校の生徒なんだ」

小声で説明すると、メイが前方に視線を移した。少年たちは店員に声をかけられることもなく、店を出て行くところだ。

「ほっとけないわね。行きましょう」

メイは目顔でモニカとジョリーンに合図した。二人とも黙って頷き、出口へ向った。

少年たちは店の裏手に歩いて行った。万里とメイたちは距離を置いて後に続き、壁の終わる手前で立ち止まって様子を窺った。

店の裏の駐車場で、五人の少年たちが待っていた。私服だが、高校生くらいだろう。三人は煙草をくゆらせている。

二人の少年は黙って万引きしたデジタルカメラを差し出した。

「何だよ、これだけかよ？」

「シケてやがるな」

「オメエら、真面目にやれよ」

年長の少年たちは口々に悪態をつき、中学生二人を小突いた。

「なるほどねえ。良くあるパターンだわ」

一歩踏み出したのはメイだった。

「ホント、ゲスのやることは今も昔も変らないわね」

モニカとジョリーンも前に出た。万里も釣られて三人と並んだ。

不良然とした面構えの五人は、険悪な目つきでこちらを睨んだ。体格も良いし、喧嘩慣れした雰囲気もある。万里は正直びびったが、メイたち三人は平然としている。

ジョリーンは恐喝された少年たちに目を向け、優しく諭した。

「坊やたち、今度こういうゲスどもに因縁付けられたら、言うこと聞かないで、すぐに最寄りの警察の、生活安全課に駆け込みなさい。向こうはプロフェッショナルでゲスの扱いには慣れてるから、上手くやってくれるわ。なにも心配しなくて大丈夫よ」

「なんだと、このバケもんが！」

一人がくわえていた煙草を吐き捨てた。すぐさまズボンのベルトに挟んだナイフを構え、ジョリーンに突っかかった。それを合図に、他の四人も一斉にこちらに襲いかかった。

が、万里が瞬きを二、三回する間に、ナイフを構えた一人を含めた四人は、ジョリーンによって地面に叩き伏せられた。その動きは速すぎて、目が追いつかなかった。残る一人は、メイに上段回し蹴りを喰らって吹っ飛んだ。少年サッカーで鍛えた脚力は、ダンスの鍛錬を続けているお陰で少しも衰えていない。

ジョリーンは親玉らしい不良の背中を膝で押さえつけ、ナイフを握る手首を摑んでねじ上げた。少年は情けない悲鳴を上げ、ナイフを落とした。

「今日はこのくらいで勘弁しといてやるわ。でも、もう一度あたしの目の届くところでこういうふざけた真似をしたら、腕の一本くらいじゃすまないからね。よく覚えとけよ」

ジョリーンは立ち上がり、パタパタと膝を払った。驚いたことに、着物も髪も少しも乱れていない。

五人の不良は、一目散に逃げ去った。

「す、すごい！　でも、どうして？」

万里は衝撃と感動に震えそうになっていた。

「ジョリーンは自衛隊の特殊部隊出身なの。すごい優秀だったのよ」

「えええっ！」

「イヤねえ、それは昔の話よ」

ジョリーンは恥ずかしそうに身をくねらせた。

「ありがとうございました！」

二人の中学生はジョリーンに向って最敬礼した。

「さっき言ったこと、忘れないで。生活安全課よ」

「はい！」

走り去る二人を見送って、万里がジョリーンに尋ねた。

「あの二人、奴らに報復されないかな？」

「大丈夫よ。生安のこと強調しといたから。ああいう連中って、実はマッポが怖いのよ」

その時、万里のスマホが鳴った。要からだ。

「もう、何処にいるのよ！　全然いないじゃない！」

万里はメイたち三人の顔を見回した。とても愉快で痛快だった。

「世紀の瞬間を目撃してたんだよ。要、残念だなあ、見らんなくて。一生分、損したよ」


その夜、九時近くになって、万里の両親、赤目千里と郁子夫婦が一家を訪れた。二人とも教育者で、郁子は高校教師である。

桐箱入りのメロンを二個もらったばかりなので、二三も一子もすっかり恐縮してしまった。

「まあ、わざわざお越しいただきまして、却って申し訳ありません」

「結構なお品をいただいて、本当ならこちらからお礼に伺わないといけないところでした」

千里と郁子はあわてて首を振った。

「いいえ、とんでもない。本日は私どものことで、どうしてもお礼を申し上げたくて」

「あんな飽きっぽくて甘ったれた子が、いつの間にかしっかりして、責任ある行動を取れるようになりました。みんな、こちら様でお世話になったお陰です」

二三と一子は戸惑って顔を見合わせた。

「今日、息子はこちらの要さんたちと一緒に、初詣に行ったそうです。そこで……」

千里は万里たちが浅草で遭遇した事件のあらましを話した。

「まあ」

「そんなことがあったんですか」

千里と郁子は同時に頷いた。

「教え子たちが救われたのは、ジョリーンさんの活躍のお陰です。でも、最初に万引きを目撃したとき、前の息子だったら見て見ぬ振りをしていたと思うんです」

「面倒なことには関わり合いたくない。避けて通る。それが息子の行動原理でしたからね」

「でも、世の中は面倒なことだらけです。自分の選んだ道をまっとうしようと思ったら、避けて通れないことが色々あります。万里はそれが分りませんでした」

「私たちもいけなかったんです。日頃忙しくて、子供の頃もあまり手を掛けてやれなかった。それが引け目で、つい甘やかすようになって……」

千里も郁子も、面目なさそうに目を伏せた。

「でも、こちらで働くようになってから、明らかに息子は変りました」

「以前のバイトは、みんな小遣い稼ぎのためでした。意欲もなかったし、嫌々働いている感じが見え見えでした。でも、はじめ食堂の仕事は、とても楽しそうです。家でも新メニューを考えたりして」

「うちでは毎日、お昼の賄いの残りを持って帰ってきてくれるのが楽しみで……」

夫婦はそこでフッと笑みを交わした。

「とにかく、そんなわけで、どうぞこれからもよろしくお願いします」

揃(そろ)って畳の上に手をついた。

二三と一子もあわてて頭を下げた。

「でも、私たちも万里君に来てもらって、どれほど助かっているか分りません」

「本当に。教えられることが沢山ありますよ」

一子は赤目夫婦に向ってニッコリ微笑んだ。

「万里君が偏見のない寛(ひろ)い心の持ち主でなかったら、私たちもメイさんやジョリーンさんとお付き合いが出来たかどうか分りません。万里君が私たちに新しいご縁を結んでくれたんです。とてもありがたいと思っています」

「私も姑(はは)と同じ意見です。先生方は素晴しい息子さんをお育てになりました」

千里も郁子も目を潤ませた。

「そんな風に仰っていただけると……」

「感無量です」

その時、不意に二三は閃（ひらめ）いた。

「ねえ、お姑（かあ）さん。メイさんやジョリーンさんは、おせちのローストビーフだったのね。最初は物珍しかったけど、今じゃ定番だもん」

「そうねえ」

微笑み交わす嫁と姑を、赤目夫婦は不思議そうに見詰めた。

第二話

福豆の行方

「やっぱりはじめ食堂の名物と言えば、これよ。鰯のカレー揚げ！」

本日の日替わり定食の前で、嬉しそうに箸を割るのはご常連の一人、野田梓だ。

「まったくです。僕は鰯と言えばつみれと塩焼きと梅干煮だと思ってたから、これを食べたときは衝撃だったなあ」

「いただきます」と礼をした分だけ遅れて箸を伸ばすのは、これもご常連の三原茂之。この二人が顔を見せるのは、ランチタイムの混雑の終った午後一時過ぎになる。

今日は一月の終りの月曜日。毎年、節分の近づくこの時期、スーパーにも魚屋にも、丸まると太った真鰯が並ぶ。そこで登場するのが名物料理（？）鰯のカレー揚げである。

真鰯の頭を落とし、腹を開いて中骨と内臓を取り除いたら、小麦粉とカレー粉をまぶしてカラリと揚げる。それに千切りにした生姜と薄めのポン酢を掛ければ出来上がり。鰯とカレー粉、生姜、ポン酢の相性の良さは、食べてみないと分らない。不思議なことに鰯の脂っこさは、揚げることによってさっぱりと上品に落ち着くのだ。これも食べてみないと分らない。

はじめ食堂では、一人前に大きな鰯を二枚付ける。トンカツに勝るとも劣らない食べ応(ごた)えだが、魚の脂というのは胃にもたれず、女性でも二枚ペロリと完食してしまう。

今日の日替わりのもう一品は白菜とベーコンの中華風クリーム煮。これは白菜とベーコンを牛乳で煮て、バターを加え、片栗粉でとろみを付けた料理で、どこが中華風かと言えば、中華スープの素で味付けをしているのである。簡単この上ない料理だが、白菜の甘さとベーコンの香ばしさ、バターの風味が相俟(あいま)って、バカに出来ない美味(おい)しさだ。特に女性客に人気がある。

「ところが最近は万里(ばんり)君が張り切って、本格的なホワイトソースを作ってくれるんですよ。だから、前より格段にお味はグレードアップしているはずです」

二三(ふみ)の説明を聞いて、梓も三原も恨めしそうな目でメニューを眺めた。

「もう、何度も言ってるじゃない、ふみちゃん。二大人気メニュー並べるのはやめてって。どっちを選んでもくやしいから」

「はいはい、ごめんね、野田ちゃん。これ、お詫(わ)びの印」

二三は小鉢に盛ったクリーム煮を梓と三原にサービスした。

「いやあ、いつもすみません」

三原はスプーンでクリーム煮を一口すくい、口に運ぶと大きく頷(うなず)いた。

「ああ、仰る通りだ。前よりまろやかさとコクが増している」

　万里はカウンターの中でしてやったりの笑顔を見せ、隅の椅子に腰掛けている一子に向って、ぐいと親指を立てた。

　今日の定食の小鉢は、昨日のうちに仕込んだ切干し大根と納豆。納豆が嫌いな人は代わりに冷や奴。味噌汁の具は豆腐とシメジ。漬け物は白菜。そしてサラダが付く。味噌汁とご飯はお代わり自由で、七百円。特別安いとは言えないが、既製品を使わず手作りを心掛けている点を考えれば、二三は充分良心的な値段と自負している。それは絶えることのない客足が証明してくれていると思う。

　ちなみに、今日の焼き魚は文化サバ（半身）、煮魚はカラスガレイ。他にトンカツと海老フライがあって、海老フライ定食のみ千円になる。勿論、特大サイズの海老三尾に自家製絶品タルタルソース付きだから、高いと文句を言うお客さんはいない。

「しかし、残念だ。育ち盛りとは言わないが、せめて四十代の時にこの食堂に出会っていれば、鰯とクリーム煮、両方ペロリと平らげたのに」

　三原が溜息を吐くと、梓も哀しげに首を振った。

「そうよねえ。私だってシメにラーメン食べた時代があったもん」

「昔、帝都ホテルの近くに、朝六時からやってるラーメン屋がありましてねえ。明け番の時、仲間と食べて帰ったもんですよ。今は寝る前にラーメンなんか食べたら、胸焼けがして……」

三原は情けなさそうに胃の辺りを押さえた。

二三も他人事ではなかった。四捨五入して還暦になった頃から、記憶力を筆頭に、体力、気力、特に胃の力が衰えてきた。デパートのバイヤー時代はパリ、ミラノ、ニューヨークと、海外へ行っても現地サイズの食事を難なく平らげていたというのに、和食のコースなどオードブル程度の満腹感しかなく、食べ終ると腹が減っていたというのに、今や霜降り肉のステーキなど出されると途中で飽和状態になって、時には「そのひと口が食べられない」という情けない状態に陥ることさえあった。

「生まれて初めて豚骨ラーメン食べたのは、大学の時よ。新宿の『桂花』って店で」

「あ、おんなじ！　鉛筆みたいなビルの店よね」

梓が懐かしそうに声を上げた。

「あの時は『こんな美味いラーメンがあるのか』って、感激したもんよ。豚骨に比べたら、昔ながらの醤油ラーメンはあっさりしすぎてパンチが足りなくてさ。それが今になると、やっぱり普通の醤油ラーメンが恋しいのよねえ」

「そうそう。ニンニクも背脂も要らない。あっさり醤油味」

中高年のいつ果てるともない嘆き節を尻目に、万里は空いたテーブルを拭き、賄いの支度に掛かった。

「でもさあ、おばちゃん。最近のラーメンはすごい多様化してるよ。魚出汁とか鶏出汁とか、あっさり系もいろんな店があるし。錦糸町の行列の出来るラーメン屋は、鯛の骨で出汁取ってるって」

「鯛の骨？」

一子は思わず耳をそばだてた。食い逃げ事件を切っ掛けに亡夫孝蔵の弟子になった西亮介は、洋食修業の途中でラーメン屋を志して独立した。確か、亮介の試作品のラーメンも、スープの出汁を鯛の骨で取っていた……。

「お姑さんの実家のラーメンも、昔ながらの東京ラーメンだったんでしょ？」

二三は一子の両親が東銀座でラーメン店を営んでいたと聞いたことがあった。

「昔だからね。普通のラーメンしかなかったのよ。初めて札幌ラーメンの店が東京に出来たときもビックリしたわ。まあ、北海道ではラーメンに味噌やコーンやバターを入れるのかって」

一子は八十代半ばになった。現役の「食堂のおばちゃん」を続けているせいか、実年齢より十五歳は確実に若い。それでも、昨日のことより三十年以上前のことを良く覚えていた。

「こんにちは～！」

ガラリと戸が開いて、メイとジョリーン、モニカの三人が入ってきた。

「いらっしゃい。お待ちしてました」

「鰯のカレー揚げ、楽しみにしてました～！」

万里が昨日メールで、今日のランチは一番の名物料理が出ると知らせておいたのだ。メイからはすぐに三人で行くと返信が来た。

「どうもご馳走様でした」

三人と入れ違いに、梓と三原は勘定を済ませて出ていった。

時刻は一時四十五分を回り、もうランチタイムの客は入らないだろう。はじめ食堂の昼営業は二時までだった。

「皆さん、白菜とベーコンのクリーム煮、サービスします。良かったらお代わりしてね」

「文化サバもどうぞ」

三人は歓声を上げた。焼き魚はあらかじめ焼いておいて保温して出すので、ランチタイムが終ると焼き冷ましになり、お客には出せない。普通は二三か一子が昼ご飯に食べるのだが、若くて食欲旺盛の三人が来てくれたので、食べてもらうことにした。

「おいしい～！」

「サイコ～！」

「生まれてから食べた鰯料理の中で、マックス美味～！」

三人のニューハーフは客商売の人間らしく、やや過剰に感動を表現した。

「この美味しい鰯を食べられないなんて」

「カワイソ〜!」

「このバチ当たり」

　万里はメイたちと同じテーブルで、魚嫌いをからかわれながら、一子に揚げてもらったトンカツとクリーム煮を食べている。

「てやんでえ。俺が辞退するから、夜の分が一人前確保できるんじゃん。それに俺、貝と海老・蟹（かに）・タコ・イカ、白子・あん肝・ウニ・イクラ、高いもんは全部食えるもん。鰯がなんだってんだい」

　万里も減らず口では負けていない。若い四人が座ったテーブルは賑（にぎ）やかで、料理も小気味よく胃に収まって行く。

「ねえ、おばちゃんとこ、鰯の頭は焼いて柊（ひいらぎ）に刺すんでしょ?」

　食後のほうじ茶を飲みながら、ふと思い出したようにジョリーンが言った。

「え? なに、それ?」

「柊鰯。魔除（まよ）けに玄関に飾っとくの」

　二三と一子は戸惑って顔を見合わせた。

「知らないわ」

「うちじゃ、やってない」

「あら、東京は違うのかしら？」

ジョリーンが首をひねった。

「うちも東京だけど、お祖母ちゃんとこは鰯じゃなかった。節分は豆まきとけんちん汁だったもん」

メイが思い出しながら言った。

「うち、豆まきだけ。共働きだからさ、忙しくて。季節行事はクリスマスと正月と、こどもの日に鯉のぼり上げたくらい」

万里は二三と一子に問いかけるような目を向けた。

「うちもラーメン屋で忙しかったせいかしら。豆まきはしたけど、鰯は食べなかったわねえ」

「うちサラリーマン家庭だけど、豆まきだけだったわ。恵方巻なんて全然知らない」

「あれは最近になって全国区になったから。元はすごいローカルな風習だったたって」

それからも節分を話題におしゃべりが続いたが、時計の針が二時半に近づくと、三人の客は一斉に腰を上げた。

「どうも、ご馳走様でした」

「また、来週お邪魔します」

三人は来るときは賑やかだが、帰るときは風のようにさっと帰って行く。二三はそのギヤップが好きだった。

「さあ、片付けよう」

二三も勢いよく立ち上がった。

「万里君、今日はお土産、鰯のカレー揚げとクリーム煮ね。それと、切干し大根も持っていって」

「ありあとっす。お袋、鰯のカレー揚げ大好きでさ。『今度はいつ持ってきてくれるの』って、うるさくて。そんなに喰いたきゃ、店に来りゃ良いのにさ」

しかし、教育者夫婦が毎日息子の作った料理を心待ちにしていると思うと、二三も一子も微笑ましい気持ちになるのだった。

その夜、口開けの客は例によって酒屋の若主人、辰浪康平だった。お通しはランチの残りのクリーム煮。

「へえ、珍しいね」

康平はひと口食べて、顔をほころばせた。

「うん、美味い。素直に美味いね。ちゃんとミルクとバターの味がする」

「おじさんも、いっぱし言うようになったじゃない」

万里がカウンターの中でニヤリと笑った。

「康ちゃん、今日はアサリの良いのが手に入ったけど、酒蒸しなんかどう？」

「うん、もらう。お酒は〆張鶴ね」

康平は自分が飲みたいがために、はじめ食堂に全国の銘酒を格安で卸している。

「鰯のカレー揚げは？」

「う～ン、遠慮しとく。山手のおじさんや菊川先生も注文するだろうし。俺、もう何回か食べてるから」

「大丈夫よ。少し余分に仕入れたから」

一子はチラリと万里を見て微笑んだ。強気で行こうと進言して、いつもより多めの仕入れを決めたのは万里だった。

「じゃ、ちょうだい。え～と、後は……」

「菜の花のゴマ和えがあるわ。ちょうど走り」

「良いねえ。じゃあ、それで」

一子はすっかり康平の好みを呑み込んでいるので、二人の遣り取りはあうんの呼吸だ。

「こんばんは」

次に現れたのは山手政夫と後藤輝明のコンビかと思いきや、料理研究家の菊川瑠美だった。

「いらっしゃいませ。お早いですね」

「打合せが長引いちゃってね。もう仕事する気ないから、夕飯食べに来たの。え〜と……」

瑠美が首を巡らせてメニュー表を見た。

「本日お勧めは鰯のカレー揚げとアサリの酒蒸しになります」

「あら、ラッキー。ねえ、野菜は？」

「菜の花のゴマ和え。それと、新メニューなんですけど、カリフラワーのオーブン焼き・ガーリックバター風味なんて如何(いかが)です？」

「まあ、ステキ」

「ガーリックは控えめでも無しでも、加減しますよ」

「う〜ン。それじゃ、残念だけど控えめでお願い。明日、教室があるから」

そして、カウンターの二つ離れた席にいる康平の酒をチラリと横目で見た。

「先生、〆張鶴、良いですよ。野菜とか、あっさり塩味の魚介料理と相性抜群です」

「ありがとうございます。二三さん、私にも〆張鶴ね」

カリフラワーはなかなか主役になれない野菜だが、オーブンで焼くと甘さが際立って存在感を発揮する。二三は昔、ニューヨークにあった日本人女性シェフのレストランで、食べたことがあった。それは丸ごと一個をオーブン焼きしたダイナミックな料理で、ヘルシー志向が浸透しつつあったニューヨークでも人気のメニューだった。最近、ふと思い出して家庭用にアレンジして作ってみたら、一子と要、万里にも好評だったので、店で出してみることにした。

作り方はいたって簡単で、耐熱容器に小房に分けたカリフラワーを入れ、軽く塩胡椒し、ニンニクの薄切りとバターを載せてオーブンで焼くだけである。ただし、オーブンは予熱の必要があるので、二三は秘密兵器を使う。

「ジャーン！」

二三は瑠美の目の前に、昔の弁当箱のような蓋付きの金属容器を出して見せた。

「あら、グリルイングリルでしょ。私も買ったわよ、通販生活で」

「さすが先生！」

これは肉厚の蓋付き容器の中に食材を入れて火にかけると蒸焼きが出来る調理器具で、ダッチオーブンと原理は同じだが、特徴は家庭の魚焼きグリルの中に入る点だった。だから予熱なしに、家庭で簡単に蒸焼きが作れる。

「うちの場合、二個使えば注文が重なってもいっぺんで焼けるから、本当に便利で優れものなんですよ」

瑠美と康平は菜の花のゴマ和えを口に運びながら、鼻をピクピクと動かした。ニンニクとバターの焦げる匂いがグリルから漂ってきて、いやが上にも食欲が刺激される。

「ああ、アサリも旬だなあ。旨味が濃いわ」

康平は皿に残ったスープまでズズッと飲み干した。普通酒蒸しにはニンニクを入れるが、今日はカリフラワーと重ならないように、生姜を使っている。これもまたひと味である。

「先生、アサリ・シジミ・ハマグリって、磯の香りと旨味がギュッと詰まってる感じ、しますよね？」

康平の言葉に、瑠美は箸で殻から身を外しながら頷いた。

「俺、フランス料理がムール貝やホタテばっか使うのは、磯の香りが薄いからじゃないかと思うんですよ。魚で言えば白身みたいな、上品で薄味の」

「そうですねえ。言われてみればアサリやシジミって、貝の世界の青魚かも知れない」

「だいたい、生牡蠣で白ワイン呑む神経が信じらんないですよ。生ものには絶対日本酒ですって」

康平がまたしても持論を展開したので、カウンターの中の二三と万里は顔を見合わせて苦笑した。

「はい、カリフラワー、お待ちどおさま！」

瑠美の前にカリフラワーの皿が置かれた。

「ああ、良い香りだ」

瑠美はうっとり目を細めた康平の方に皿を押しやり「お裾分け、どうぞ。〆張鶴のお礼」と勧めた。

「ありがとうございます。それでは遠慮無く」

康平は一房箸でつまんでフウフウ吹くと、口に放り込んだ。

「アフ、アフ……。美味い！」

瑠美もフウフウ吹きながら、カリフラワーの意外な美味さを味わっている。

「今日はバターですけど、オリーブ油で焼いて、仕上げに粉チーズ振るのも美味しいですよ。最後、ちょっと焦がして」

「それも良いわねえ。今度注文するときは、そっちでお願いしようかしら」

そこへガラリと戸が開いて、入ってきたのは山手と後藤のコンビである。二人とも日の出湯に寄ってきたらしく、顔がテカテカしていた。

「何だか、良い匂いだなあ」

瑠美に会釈してカウンターに腰掛けるなり、山手は鼻の穴をヒクヒクとうごめかした。

「新メニュー。今、政ちゃんたちの分も用意してるから」

油鍋の前に立った一子が説明した。

二人の前にはいち早くお通しのクリーム煮と菜の花のゴマ和えが出された。後藤は「食べ物は何でも良いけど待たされるのはイヤ」という主義で、はじめ食堂はお任せで矢継ぎ早に「美味しくて身体に良い料理」が出てくるので、たいそう気に入っている。

「万里、今日のオムレツはどこだ？」

「フランス」

「よし。パリジェンヌで頼む」

山手は魚屋の主人だが、食べ物で一番好きなのは卵だった。今も店に立って魚をさばくが、最近は仕入れは息子に任せて楽をするようになった。

「節分と言えば、やっぱり鰯だなあ」

後藤が鰯のカレー揚げを一口食べて、しみじみと言った。

「後藤さんのお宅では、節分に鰯を召し上がってました？」

「食べましたよ。昔は焼いた鰯の頭を柊に刺して、玄関に飾るのもやってました。結婚して官舎に入ってからは、やらなくなりましたが」

「やっぱ、おばちゃん、同じ東京でも家によって違うんだね」

万里の言葉に、二三も一子も頷いた。

「でもなあ、真鰯の旬は秋なんだ。カツオも同じで、秋の方が脂が乗って美味いんだ。それがどうして、節分に鰯なのかなあ」

「魚屋さんが分らないんじゃ、永遠の謎(なぞ)ね」

二三の一言で、はじめ食堂は温かな笑いに包まれた。

「おばちゃん、シメのご飯、アサリ使ったのない？」

康平のリクエストに一子は首をひねった。

「今日は深川めし作ってないしねえ。さっとお出汁で煮て、ご飯に掛けてお茶漬けなんてどう？」

「うん。良いよ」

万里がパチンと指を鳴らした。

「ねえ、アサリチャーハンは？　先にアサリの酒蒸し作って、チャーハンに混ぜるの」

「あら、それは良いわね」

一子が言うと、瑠美も山手も後藤も身を乗り出した。

「私も、アサリチャーハン下さい！」

「こっちも、アサリチャーハンで！」

万里は中華鍋を火にかけ、生姜とアサリをさっと炒め、塩胡椒と酒を振って器に移した。次にご飯を炒め、中華スープの素で味付けしてからアサリを戻し入れ、刻んだ青ネギを加えたら醤油を鍋肌から垂らし、一混ぜして出来上がり。中華風深川めしと呼びたい、あっさり味のチャーハンの完成だ。

ご常連四人が今夜誕生した新メニューに舌鼓を打っていると、ガラス戸が開いて、次々にお客さんが入ってきた。

「いらっしゃい。今日は新メニューが二つあるんですよ」

テーブルを回って注文を取りながら、二三は宣伝を怠らない。万里の顔に浮かぶ得意げな表情を、一子は優しく見守った。

　節分と鰯の謎は、意外なことに、その夜、帰宅した要によって解明された。

「うちの編集部、節分特集のムック作ったから、節分なら任してよ」

　要は胸を張って、缶ビールをぐいとあおった。

「柊鰯は平安朝の頃からあった風習で『土佐日記』にも出てくるのよ……読んだわけじゃないけど。その頃はボラの頭を使ってたみたい。〝焼嗅〟とも言うんですって」

　鰯は沢山獲れたので〝卑し〟とも蔑称された。

「で、毒を以て毒を制すというわけで、卑しい魚で邪気を払ったんですって。それに、臭みがあるのも良かったみたい。ドラキュラ除けにニンニク吊すみたいな感じで、臭いで悪魔を牽制したのね」

「でも、なんで節分なの？」

　要は再びエヘンと胸を張った。

「節分は『せちわかれ』とも読んで、季節の変わり目の立春・立夏・立秋・立冬の前の日って意味なのよ。つまり、節分は年に四回あるのね。昔は季節の変わり目には邪気が生じると考えられていたので、邪気を払う行事が生まれました。柊鰯然り、豆まき然り。で、時が過ぎ、年の初めの一番大きな季節の変わり目である立春の前の日が節分を代表するようになりました。以上」

二三と一子と万里は一斉に拍手した。

「いよ！　要、さすが編集者」

万里がはやすと要は反っくり返った。

「へへへ。どんなもんだい」

「門前の小僧習わぬ経を読むってやつね」

「あのねえ、お母さん、こんなもんで驚いてちゃ困るわよ。節分には西日本一円と福島県、関東で鰯を食べるけど、関東はけんちん汁も食べます。四国はコンニャク、山口県は鯨(くじら)を食べます。節分料理も勉強したんだから、私」

「ほんじゃ、作ってみ」

「うっ。そ、それは……」

要は途端に小さくなり、万里に降参した。

「ねえ、おばちゃん、店で豆まきなんてどうだろう？」

「豆まき？」

「うん。年末の宴会、大好評だったでしょ。あれほど大規模じゃなくても、季節毎に小さなイベントやると、店が盛り上がるんじゃないかと思って」

「それ、良いかもね。メリハリが付いて」

　要がアサリチャーハンを食べながら頷いた。

「お姑さん、どう思う？」

「あたしも賛成よ。代わり映えのしない食堂だけど、ちょっとしたお楽しみがあると、お客さんも喜ぶと思うわ」

　一子が賛成なら、二三にも異論は無かった。

「豆まきとなると、お客さんに年男年女って、いたかしら？」

「酒屋の康ちゃん、今年三十六」

　一子が即座に答えた。

「決まり！　節分はおじさんの音頭で豆まきだ」

　万里がドンとテーブルを叩(たた)いた。

「季節毎のイベントって考えると、色々出来そうね。雛祭(ひなまつり)には雛あられか白酒のサービスするとか、四月は桜餅(さくらもち)サービスとか」

「こどもの日は鯉の姿揚げとかやっちゃうの？」

「あんた、うちは中華の鉄人の店じゃないんだからね」

　二三と要もノリノリだ。

　一子も思わず微笑んだ。常に変らぬ地味で落ち着いた、グレーかベージュのような色を保っているはじめ食堂に、折々の季節の明るい色彩が飛び込んでくることを思うと、胸が小さく弾むのだった。

「ああ、もう、ホントに、やってらんないわ！」

翌朝、仕入れから帰ってくるなり、二三は情けない声を上げて頭を抱えた。

「ふみちゃん、どうしたの？」

二階から降りてきた一子が、心配そうに顔を覗き込んだ。

「野菜が高くてさあ、おばちゃんキレちゃった」

買出しに同行した万里が肩をすくめ、一子に向ってやれやれという顔をして見せた。

去年の秋の台風、それに続く低温と日照不足と長雨などの異常気象によって、野菜類は値上がりが続いていた。おまけに生育が悪くて例年より小さかったり細かったりする。特にレタスの値上がりは顕著で、夏は一玉百円だったものが、十月下旬からはずっと五百円前後になっていた。

「しかも、こんなのよ！」

二三は一子の目の前にレタスを差し出した。赤ん坊の頭くらいの大きさで、直径は十センチほどしかない。夏はこの倍の大きさでも百五十円で買えたのに。

「年が明ければ何とかなると思ってたのに、全然値下がりしないの。もう、どうしようと思っちゃう」

勿論、一子だって事情は知っている。家庭なら無理してレタスを買わなくてもすむが、はじめ食堂はランチにサラダを付けているから、レタス無しではすまされない。困ったことだと頭を痛めていたのは、一子も同じだった。

「でもねえ、レタス抜きってわけにもいかないしねえ」

「そうは思うけど、毎日こんなものに何千円も使うかと思うと、腹立ってきて……」

二三はいささか大袈裟に溜息を吐いた。

「それにお姑さん、野菜だけじゃないわ。サンマもイカも不漁で、いつもの年の三倍もするのよ。鯛や平目ならともかく、庶民の魚がこんなに値上がりしたら、うちはどうすれば良いのかしら？」

「まあ、まあ。そんな世界の終りみたいな顔しないで。ちょっとお茶でも飲んで、一息つきなさい」

一子は家族用の急須にお茶っ葉を入れ、ポットの湯を注いだ。

魚と野菜を冷蔵庫にしまっていた万里が、手を止めて二人の方を向いた。

「ねえ、おばちゃん、サラダだけど、レタスの量を三分の一に減らして、その分、モヤシとか大根の千切り使おうよ。和風とか中華風のドレッシング添えて」

「あら、良いアイデアね」

二三がパッと顔を上げた。現金に、笑みまで浮かべている。

「モヤシは値段変らないもんね。大根だって値上がりしてるけど、千切りにすれば量が取れるから、一本でレタス二個分は確保できるし。良く気が付いたわ。ありがとう、万里君」

「俺もヤバいとは思ったけど、いずれは値段も回復すると思ってて……。まさかおばちゃんがそんなに悩んでるとは知らなかったからさあ」

元気を回復した二三を見て、一子も提案した。

「中華風サラダには香菜をトッピングしましょう。女の人は大好きだし、あれは特別値上がりしてないから」

「香菜と交替で、茹で卵のみじん切りとか粉チーズとか、トッピング用に出そうか？　レタス減ってもゴージャス感アップするんじゃないかな」

「そうね。それが良いわ」

二三は一子と顔を見合わせ、頷き合った。

「万里君、これからもメニューだけじゃなしに、仕入れのことでも食材のことでも、良いアイデアがあったら教えてね」

「あたしとふみちゃんが見過ごしていることも、新鮮な目で見ればはっきり見えるかもしれないわ。よろしくね」

「いやあ、どうも、こちらこそ」

万里がこそばゆそうに照れ笑いした。しかし、二人の先輩に信頼され、頼りにされているということは、胸の中の自信と責任感を確実に大きくしただろう。


今年の二月三日は土曜日に当たっているので、はじめ食堂では、一日前倒ししてランチのお客さんには目刺しを一本サービスし、小鉢の一つは昆布豆にした。

「節分の縁起物です。どうぞ召し上がって下さい」

そう言うと、女性の客はけっこう喜んだ。

「あたし、目刺し食べるのって何十年ぶりかしら」

「夕飯に鰯買わなくてすんだわ」

男性客はいちいち口に出して褒めたりはしないが、喜んでいることは食べっぷりで分った。

「これが食べられるうちは大丈夫って気がするなあ」

遅いランチにやって来た三原は、頭から目刺しを齧り、しみじみと言った。

たかが目刺し、されど目刺し。境遇により、年齢により、感慨も様々だった。

夜のお客さんには豆まきサービスと小袋入りの豆をお土産に差し上げることにしていた。

今夜も口開けに現れた客は康平だった。

「ね、康ちゃん。年男だから景気付けに豆まきしてよ」

「え〜？　今更恥ずかしいなあ」

一子に頼まれ、照れながらも店先に立って「鬼は外！　福は内！」とやってくれた。声に釣られて近所の人も表に顔を出した。

「年男、辰浪康平さんによる豆まきでした！」

横に立った二三が声を張り上げて拍手すると、ご近所からもまばらな拍手が起った。

「おじさん、ありがと。お疲れさんでした」

万里が自宅から持ってきたコードレス掃除機を手に、外と内に転がった豆を吸い上げた。ちなみに、一家には最新式の家電はない。

「お礼に、新メニューご馳走するわ」

店に戻った康平におしぼりを出して一子が言った。

「へえ。何？」

「ポテトチップス」

「な〜んだ」

「これがバカにしたもんじゃないのよ。万里君がバルとかいう店で食べて、覚えてきたの」

そこへ山手と後藤のコンビが入ってきた。

「今日、豆まきだろ？」

「あら、いらっしゃい。ちょうど良かった」

「おじさんたち、豆まきどうぞ。音頭は年男の康平さんが取ります」

三人は二三に尻を押されて店頭に立ち、盛大に豆をまいた。その間にも厨房からはジュッと油のはねる音が聞こえ、オリーブ油の良い香りがふんわり漏れてきた。

「はい、どうぞ」

店に戻ってカウンターに座った三人の前に、生ビールの小ジョッキと中皿に山盛りになったポテトチップスが供された。いや、それは一見、きつね色の薄い花びらの山だった。

「これが噂のポテトチップス？」

「まあ、どうぞ、召し上がれ」

三人は湯気の立つ揚げたての花びらを口に含んだ。

「……！」

口の中に入った途端、花びらは舌の上でホロホロとほどけ、溶けた。芋の甘さ、ほのかな塩気、オリーブ油の香りが混ざり合い、喉に吸い込まれ、鼻腔に余韻を残した。

三人は夢から覚める間もなく、矢継ぎ早に花びらに手を伸ばし、口へ運んだ。完全に手が止まらない状態だ。

「なに、これ？」

中皿が空になってから、やっと康平が訊いた。

「だから言ったじゃん、ポテチだって」

「嘘だろ。全然食感が違うよ」

「羽衣を喰ってるような気がした」

「揚がるの、早かったな」

　これはスペインでは一般的なポテトチップスで、食前酒のつまみの定番になっている。皮を剝いたジャガイモをスライサーで厚さ一ミリ、極薄にカットして氷水で洗い、丁寧にぬめりを取る。キッチンペーパーで水気を拭いたら、百六十度のオリーブ油で一分半揚げれば出来上がり。仕上げに塩を少々。

「芋の水気さえ切っとけば、お客さんの顔を見てすぐ揚がるから、店でも使えると思って」

「いやあ、万里、勉強してるなあ」

「やっぱ、若いからいろんな国の料理知ってるんだ」

「一分半で出来るのが良いな。カップ麵より早い」

　三人は口々に褒め、万里は得意がって胸を反らした。

「今日は鰯、塩焼きなの。シメのご飯にどう？」

「うん。俺、鰯定食」

　康平が言うと、山手と後藤も後に続いた。

この夜、はじめ食堂は豆まきとスペイン風ポテトチップスで大いに盛り上がったのだった。

「こんにちは〜！」

月曜の一時四十五分、梓と三原と入れ替わりで、メイ、モニカ、ジョリーンの三人組がはじめ食堂に現れた。三人とも、すっかり常連の風格だ。

「私、煮魚！」

「私も！」

「私は日替わりで、大根バター醤油ね」

メニューを見て即座に注文した。

「やっぱり皆さん、お目がお高いわ」

二三はお世辞でなく言った。今日の煮魚は赤魚で、尾頭付きではないが、胴体だけで十五センチもある。はじめ食堂で買えるくらいだから、決して高くはない冷凍の魚だ。それでも充分脂が乗っていて、酒をたっぷり入れて丁寧にアクを取って煮ているから、目隠しすれば金目鯛で通る……と自負している、自慢の一皿だ。

焼き魚は鮭の塩麹漬け、日替わりのもう一品はチキン南蛮。小鉢は築地場外の花岡商店で仕入れる絶品タラコと白滝の煎り煮とヒジキの煮物。味噌汁はジャガイモとタマネギ。

漬け物は白菜と沢庵。勿論、どちらも自家製だ。サラダは……茹でモヤシと大根の千切りを駆使して、急場を凌いでいる。

「この大根バター醤油も万里君のアイデア？」

「それはおばちゃんが料理の本で見付けた」

大根を拍子木に切って下茹でし、豚コマと炒めて酒を振り、塩・胡椒・醤油で味付けしたら仕上げにバターを加える。至って簡単な料理だが、これが実にご飯と合う。しかも寒い季節は大根も盛りだから、もってこいだ。

「メイさんたちのお店でも、豆まきなんかしたの？」

「ショーで『桃太郎の鬼退治』やった時、舞台でね。お客さんとはやらなかったわ」

「掃除が大変だから」

モニカがぐるりと店を見回して尋ねた。

「おばちゃんとこ、節分メニューで恵方巻なんか出した？」

「ううん。うちはお寿司屋じゃないから」

「そうよね」

「それに、スーパーでもコンビニでも恵方巻売ってるし。敢えてやる必要ないと思って」

二三の説明に、モニカとジョリーンは意味ありげな目でメイを見た。メイは恥ずかしし……と言うより、嬉しそうに身をよじった。

「あら、どうしたの？」

モニカとジョリーンは顔を見合わせ、ニヤニヤしている。

「ほら、言いなさいよ」

「だってえ……」

ジョリーンに促されても、メイは嬉しそうにモジモジしている。

「実はね、メイのカレが楽屋に恵方巻差入れてくれたの」

「カレ、寿司職人なの」

二人の暴露に、メイは「イヤ〜ン」とばかりに両手で顔を覆った。

「あら、まあ、それはごちそうさま」

二三と一子も顔を見合わせて微笑んだ。メイからは幸せなムードが漂っていて、祝福したい気持ちにさせられた。

「まだ修業中で半人前なのよ。でも、いつか自分のお店を持ちたいって、頑張ってるの」

「それはよかったわね」

二三はメイが以前、将来は味噌汁の専門店を開きたいと言ったことを覚えていた。

「メイさんもいつか、自分のお店を持ちたいんでしょ。それなら、二人の夢は同じね」

メイはこっくり頷いた。恋する者の特権で、瞳が熱っぽく輝いていた。

「そうだ。一緒に店やれば良いんじゃない？　向こうが寿司担当で、青木が汁物担当で」

「それ、良いかもしれない！」

メイは大きく息を吸い込んだ。

「だろ？　開店資金二人で出せば、半分ですむじゃん」

メイは興奮を抑えるように、両手で頰を押さえた。

「今度、彼に話してみる」

恋するメイは、いよいよ美しく見えた。恋する気持ちに男も女も関係ない。

しかし、二三はその美しさがむしろ痛ましく感じられた。大切な恋を成就させるために、普通の男女よりずっと困難な道を歩まなくてはならないのが、予想できたからだ。

「最初はお客さん。万里君と同じ『はとバス』ツアーで、私が席に付いたのが切っ掛けかな。免許証落として帰ろうとしたのに気が付いて、追いかけて渡してあげたの。そしたらすごい感謝して、次の日、わざわざお店に来て指名してくれたのよ。それから次の週も来てくれて……私、何だか悪くて。うちの店、個人で来たらけっこう高いのに」

その日の夜、開店直後のはじめ食堂にやって来たメイは、堰を切ったように恋人のことを話し始めた。幸福の絶頂で、誰かに話したくてたまらないのだろう。カウンターに座って、厨房の万里と隣の康平を相手に、のろけ続けている。

恋人の名前は新庄拓馬。二十五歳。二人が知り合ったのは去年の九月、今月で足かけ六ヶ月になる。

「年下なの。恥ずかし～！」

　メイは嬉しそうに身をくねらせた。康平はニヤニヤしながら美女の姿態を眺めている。メイの働く「風鈴」というショー・パブは年中無休だが、メイは月曜日が定休だった。いつもはランチのみだが、今日は夜も来店で、康平を喜ばせた。

「その人、今はどこの店に勤めてるの？」

「銀座の茜寿司っていう店」

「すごい、超有名じゃん。俺だって名前知ってるもん」

　メイはいささか得意そうに微笑んだ。

「拓馬はね、高校を卒業してから、老舗のお寿司屋さんですごく美味しいお寿司を食べて、お寿司に目覚めたんですって。それから調理学校に入って、回転寿司の店に就職して、今のお店に雇ってもらったんですって。最初は門前払いされて、それから毎日毎日お店に行って、ご主人に頼み込んで、ようやっと入門許可されたらしいわ」

「へえ。感心だ。今時の若いもんにしちゃ、根性あるねえ」

　康平は適当に相槌を打ちながら、メイのグラスに宝剣を注いだ。二人の前にはポテトサラダ、カブと鶏肉団子のゼリー寄せ、春菊とシラスの中華風和え物、モツ煮込みが並んでいる。

「だから、厳しいの。私と付き合ってることはお店には内緒。スタートが遅かったでしょ。もしバレたら、恋愛にうつつを抜かしてる場合じゃないって、破門されるって」

二人は今年に入って同棲したという。気分は新婚さんだ。

「メイちゃんも大変だねえ」

「私は平気。でも、拓馬が年下の兄弟子にいじめられてるかと思うと、可哀想で」

メイはカウンターの中の万里を見上げた。

「料理人の世界って、上下関係厳しいのよね？」

「いやあ、俺は正式に料理の修業したことないから」

「この店じゃ甘やかされてるしな」

「ま、それは俺の人徳だね」

「でも、今は昔と違うから、先輩たちも優しくなったんじゃない？」

二三は田酒の燗を付けながら康平に尋ねた。酒の配達で料理店・バー・クラブなどにも出入りしているので、けっこう情報通である。

「チェーン店なんかは育成もシステマティックだと思うよ。パワハラで訴えられたら、イメージダウンだし。でも、オーナーシェフの店なんかは、未だにゲソパン入れるとこもあるって話だけど」

「アザとか作ってないんだろ？」

「うん、それはない。ただねえ……」

万里に答えて、メイはホッと切なげに溜息を吐いた。

「私に出来る事って、美味しい朝ご飯作ってあげるくらいなの。昼と夜はお店で賄いが出るから。それがもどかしくって」

「あら、恋人が毎朝美味しい朝ご飯作って送り出してくれたら、男としてそれ以上望むことないわよ。ねえ?」

メイは夜中まで働いている。九時出勤の恋人の朝食を作るなら、七時前に起きないと間に合わない。あっぱれな献身ぶりに、二三は感心した。

「勉強がてら、二人で食べ歩きとかすんの?」

万里が鍋(なべ)を洗いながら訊いた。

「拓馬、忙しいのよ。お店、ランチもやってるの。だから九時出勤で、十時までずっと。一番下っ端だから、大変なのよ。休みの日は疲れちゃって、出掛ける元気もないみたい」

「それじゃ、メイちゃんたち、デートなんかしないの?」

「うん。うちでのんびりするのが、デートみたいなもんね」

「それはいけないなあ」

康平は大袈裟に眉(まゆ)をひそめた。

「倦怠期(けんたいき)の夫婦じゃあるまいし、今が一番良いときじゃない。無理しても二人で出掛けた方が良いよ」

「二人とも将来、店持ちたいって希望があるんだから、物件見て歩くとか、評判の良い店覗くとか、青木がリードして引っ張り出したら？　励みになるよ、きっと」

「そうね。今度、誘ってみる」

　メイは素直に頷いた。

「ねえ、おばちゃん。お寿司に合う味噌汁って、どんなのかしら？」

　一子は記憶をたどって指を折った。

「普通は、アサリ・シジミ・アラ汁かしら？」

「岩のりの味噌汁を出す店もあったわ」

「俺的には、寿司喰った後でナメコとか納豆とか、ネバネバ系の味噌汁はちょっとイヤだな」

「そうだ！　お姑さん、亡くなったお舅さんの実家は、お寿司屋さんだったんでしょ？」

「そうそう。あたしは孝さんが食堂を始めるまでは、お舅さんの寿司屋を手伝ってたんだわ」

「ね、メイちゃん。ここに大先輩がいるから、何でも相談して」

「うん。ありがとう」

「いつか時間があるときに、二人でご飯食べにいらっしゃいよ。昼でも夜でも、大歓迎よ」

「はい！」

メイは嬉しそうに微笑んだ。幸せ一杯の笑顔だった。

「青木からメール来てさあ、今度の日曜日に遊びに来いって」

一週間後、閉店してから帰宅した要を交えた夜食の席で、万里が言った。

「カレシがいるのに、行きにくいよなあ」

「行けば良いじゃない。万里にカレシを見せびらかしたいのよ」

「俺に自慢してどうすんだよ？　モニカもジョリーンも、店の仲間はみんな知ってるんだし、今更」

「同僚と同級生は別だって。メイちゃんはきっと、仲間以外の人に祝福して欲しいんだと思うよ」

要の言葉に、万里も二三も一子も、一瞬胸を衝かれた。メイたちのような少数派は、まだまだ日本では日陰の身だ。彼らから見れば、はじめ食堂の人々は陽の当たる世界の住人なのだろう。

二三は湿っぽいムードを振り払うように声を励ました。

「ねえ、日曜日だったら、メイちゃん夜はお店？」

「うん。だから、ランチのお誘い」

「おばちゃんがお小遣いあげるから、美味しいお寿司をお土産に持ってらっしゃいよ」

「それは良い考えね。なかなか二人で寿司屋に行く機会もないようだから」

　一子も明るい声で応援した。

「そうだな。どこの寿司が良いかな……？」

「メイちゃん、どこに住んでんの？」

「麻布（あざぶ）十番」

「そんなら美春寿司よ」

　要がポンと膝（ひざ）を打った。

「去年開店したばかりだけど、今、寿司好きの間では評判になってるの。店主は神楽坂（かぐらざか）の老舗で修業した人で、まだ若いんだけど、出藍（しゅつらん）の誉（ほま）れ高いタクミだって」

「お前、行ったことあんの？」

「あるわけないでしょ」

　要はくやしそうに万里を睨（にら）んだ。

「経済評論家の杜若（かきつばた）先生が褒めてたのよ。あの先生、食通でも有名だし」

　万里は露骨にバカにした顔をした。

「ふうん。要の知識って、全部他人のフンドシだな」

「うるさいわね。私だって宝くじ当たったら、高い寿司屋、全部制覇してやるわよ」

「せめて『編集長になったら』とか言えば？」

二三は恐る恐る尋ねた。

「ねえ、その店、お一人様何万円も取るの？」

「夜はね。でも、ランチの握りは一人前五千円くらいだって」

二三がホッと胸をなで下ろすと、一子が後を引き取った。

「高級な店はお土産を作ってくれないとこもあるけど、その店はどうなの？」

「テイクアウト？　やってると思うけど、ネットで調べてみるね」


麻布十番は東京にあって長い間交通の便が悪く、山の手にある下町という風情だったが、南北線と大江戸線の開通によって一気に便利さが増し、開発が進んだ。

メイは麻布十番の南端にある仙台坂近くの小ぎれいな賃貸マンションに住んでいた。ちなみに職場のある六本木までは大江戸線で一駅、はじめ食堂のある月島まで六駅と、交通至便な住まいだった。

「いらっしゃい！」

オートロックを通って部屋のインターホンを押すと、メイはいそいそとドアを開けて出迎えた。部屋は六畳と四畳半のついた2ＬＤＫで、六畳間が畳、その他はフローリングだった。

メイの恋人の新庄拓馬は小ぎれいに片づいたリビングに座っていて、万里が入っていくと、立ち上がって頭を下げた。

「どうも、初めまして。新庄です」

拓馬は拍子抜けするほど〝普通の青年〟だった。身長百七十二、三センチくらいで、ほっそりして顎が細く、清潔感があって涼しげな目の……要するに、街で見かける今時の男の子だった。女の子と手をつないでいても少しも違和感がない。何故本物の女の子でなく、ニューハーフのメイを選んだのか、不思議と言えば不思議だった。

「座って。今、コーヒー淹れるから」

メイは椅子を勧め、甲斐甲斐しくもてなしの支度を始めた。

万里は拓馬と雑談を始めたが、初めて会ったばかりなのに、少しも堅苦しさを感じなかった。万里の社交的な性格もあるが、拓馬には初対面の人間の懐にスルリと入り込む、独特の呼吸のようなものがあった。まるで水か空気のようだと思った。

「いや、彼女が元は男だったことは知ってましたよ。店で出会ったわけだから」

拓馬はなんの屈託もなく馴れ初めを話した。

「ただ、何度も会ううちに、そんなことはどうでも良くなってきて。僕は今の彼女が好きなんだから、過去は関係ないんです」

　一線を越えることに、まったく抵抗はなかったという。

「私はけっこう、一目惚れ。最初会ったときに良いな、と思って、二度目でビビッときちゃった」

　メイは臆面もなくのろけている。過去に女性と付き合った経験もある拓馬が、ニューハーフの自分を選んでくれたことが、素直に嬉しく誇らしいのだろう。

　万里は土産に買ってきた寿司折りを差し出した。

「これ、おばちゃん二人から差入れ」

「ああ、ありがとう。楽しみにしてたんだ」

　高級寿司を土産に持っていくことは、あらかじめメールしてある。

「私、ハマグリのお吸い物作ったの。お昼にしよ！」

　メイが立ち上がると、拓馬も後に続いてメイを手伝った。コーヒーカップを片付けて手早く洗い、テーブルを拭いて小皿と箸を並べ、潮汁を温めて椀によそって運ぶ。二人で狭いキッチンに立っている姿は、ままごと遊びをしているように仲むつまじく見えた。

「いっただきま～す！」

　三人は一斉に寿司折りの蓋を外した。握り十貫と巻物が鎮座している。

「あれ？」

　鮪の握りを箸でつまんだ拓馬が不審げに顔をしかめた。

「シャリ、茶色っぽい」

「この店って、赤酢を使ってるんだって」

「あ、そうか」

拓馬は握りを小皿の醤油に付け、口に放り込んだ。

「美味しいわ。さすがに名店ね」

「この店は所謂〝江戸前寿司〟で、ネタは必ず仕事して、昆布締めにしたり、煮たり、ヅケにしたりで、生のままは握らないんだって。最近はそういう店も増えてきたらしい」

「ふうん」

万里は雑学を披露しながらも、拓馬から目を離さなかった。寿司を食べ終ると、メイは食後のデザートにメロンを出した。

「拓馬も早くお店持てるといいね」

「うん。頑張るよ」

万里は小鳥のさえずりのような二人の会話に耳を傾けた。話すのはもっぱらメイの方で、拓馬は相槌を打つだけだが、その呼吸が絶妙だった。まるで潤滑油を差されたように、拓馬の相槌でメイの舌は滑らかになり、スピードを増す。そして笑い声も感嘆符も、メイのタイミングにピタリと合わせて発せられた。

二人の関係は、年上でショーパブの看板スターであるメイがリードしているように見えて、その実拓馬が巧みにメイを操っているのではないか……。

万里の胸には不安が兆していた。

翌朝、万里がはじめ食堂にやって来ると、早速二三と一子が飛んできた。メイの「新婚生活」に興味津々なのだ。

「昨日、どうだった、メイちゃんのとこ？」

「おばちゃん。俺、絶対おかしいと思うんだ」

いきなり剣呑(けんのん)なセリフを聞かされて、二三も一子も面食らった。

「茜寿司みたいな一流店で働いてる職人が、赤酢を知らないなんて」

赤酢は酒粕(さけかす)を原料として作る古典的な酢で、江戸前寿司を標榜(ひょうぼう)する店で好まれるが、業務用がほとんどで一般には流通していない。種類によっては、寿司飯に玄米のような色が付く。

「それに、あいつ、ヅケに醤油付けて喰ったんだ。美春寿司の握りはみんなネタに煮切りやツメが塗ってあるから、醤油付けなくても食べられるのに、そんなことも知らないなんて、おかしいよ」

二三と一子も、ようやく万里の言わんとすることを理解した。

「それにさ、青木に対する態度を見てると、なんつーか、宿主に寄生して乗っ取っちゃうみたいなイメージがあってさ」

　万里はメイのマンションで見聞きしたことを、手短に話した。

　二三も一子も人生経験豊富な職業婦人である。それだけ聞けば、思い当たる節は大ありだ。

「お姑さん、私、新庄拓馬みたいな人間、知ってるわ。女だけど」

「あたしも昔、似たような輩に会ったことがある」

　二人は一二の三、で声を揃えた。

「詐欺師！」

　万里はびっくりしてのけ反りそうになった。

「もしかして、青木は結婚詐欺のカモにされてんの？」

「その可能性、大ね」

「すぐ、知らせなきゃ！」

　万里はあわててスマートフォンを取り出したが、二三が制した。

「まあ、待ちなさい」

「だって、ぐずぐずしてたら……」

「メイちゃんはその男に夢中なんでしょ？　だったら、外野で何を言っても信じないわよ」

「まずは動かぬ証拠を見付けないとね」

「でも、どうやって？」

二三は万里のスマートフォンに目を落とした。

「万里君、その男の写真、ある？」

「うん。三人で記念に撮った」

二三は腕組みして仁王立ちになった。

「よし。後は要次第ね。使えそうなフンドシがあるかどうか」

まだ事態を飲み込めない万里の背を、一子がポンと叩いた。

「さ、仕事仕事」

その夜、帰宅するなり、要は母と祖母と万里に取り囲まれた。

「な、何、みなさん？」

「あんた、茜寿司に行くコネ、ある？」

「あるわけないでしょ。うちみたいな弱小出版社が、あんな……」

言いかけて、要は「あっ」と口を開けた。

「今度、雑誌の企画で杜若先生と藤代誠一（ふじしろせいいち）さんが対談するの。対談場所の候補が茜寿司と九兵衛（きゅうべえ）なんだ」

藤代誠一は愛妻家のＩＴ企業社長で、かつてははじめ食堂に入り浸っていた。今も、年に二、三回、奥さんと一緒に夕飯を食べに来てくれる。

「藤代さんに頼んで、こいつが茜寿司で働いているかどうか、訊いてもらってくれ。青木の人生が懸かってるんだ」

万里はスマートフォンの画面を見せた。メイを真ん中に、三人が並んで笑っている写真だ。万里のただ事でない真剣さに、要も素直に頷いた。

「写真、メールに添付して。取り込むから」

藤代は対談を終えると、直接はじめ食堂に電話をかけてくれた。

「スマホの写真見せて訊いたんですけどね、店の人は誰もあの青年に見覚えないそうです。新庄拓馬って名前も、知らないということでした」

「まあ、藤代さん。お忙しいのに、わざわざありがとうございました」

「いいえ、お安いご用ですよ。私で役に立てることがあったら、また何でも言って下さい。それじゃ」

二三は受話器を握ったまま頭を下げ、そっと電話台に戻した。一子と万里を振り向いた顔は、険しくなっていた。

「案の定、よ」

「おばちゃん、これからどうする？」

「敵が動くのを待ちましょう」

一子がきっぱりと言った。

「知り合ってもう半年でしょう。そろそろメイちゃんの周りに張り巡らした網を回収する時期だと思うわ」


一子の予言は的中した。

二月最後の月曜日、ランチタイムの終りに現れたメイは、幸せ一杯の顔で万里に告げた。

「お寿司屋さんね、良い出物が見つかったの。門前仲町の駅の近くのビルの一階で、居抜きで使えるの。昨日の昼間、二人で見に行ってきちゃった」

万里が口を開く前に、一子が優しい声で言った。

「それはおめでとう。これで夢が叶(かな)うのね」

「はい。いずれはお店の隅っこに、私の味噌汁コーナーも作って、二人でやっていくつもりなんです」

「失礼だけど、開店資金はどうなさるの？」

「拓馬一人じゃ、どうしても満額は無理なの。だから半分は私が出資することにしました。どうせ、二人のお店になるんだから」

「ぶっちゃけ、いくら出すの、お前？」

「一千万」

　万里は背筋がヒヤリとした。

「青木、お前、だまされてんだよ」

　二三と一子が必死で目で制するのも構わず、万里は口走っていた。

「あいつ、寿司職人なんて嘘っぱちだ。回転寿司で働いたのは本当かも知れないけど、茜寿司じゃ、誰も新庄拓馬を知らなかった。初めから、店を開くつもりなんかないんだ。お前をだまして一千万懐に入れて、トンズラする気なんだよ」

　万里はスマートフォンを取り出して、画面をメイに向けた。拓馬と女が腕を組んで歩いている後ろ姿が映っていた。わずかに見える横顔で、男が拓馬であることは疑いようもない。女はまだ若く、服装も髪型も派手で、キャバクラ嬢のように見える。

「昨日の夜、お前が店にいる間、あいつ、この女と会ってた」

　メイの表情が強張った。そのまま、液体窒素でも吹きかけられたみたいに凍結した。ちょっと触ればガラガラと崩れそうだった。

　一子はメイの前にぬるめのほうじ茶を置いた。

「ゆっくりお飲みなさい。少しは気分が良くなるから」

　メイは言われた通り、茶碗に手を伸ばしてゆっくりと飲んだ。意思のない操り人形のような動きだった。

「メイちゃん、あなたを傷つけるつもりじゃないのよ。でも、私たちも万里君から話を聞いて、新庄拓馬という人は怪しいと思ったわ」

メイは顔を上げて二三を見たが、その目は虚ろで、何も見えていないのではないかと思われた。

「もう、お金は払ってしまったの？」

メイは黙って首を振った。

「それじゃ、とにかく二人で話し合って、今の話の内容を確認してご覧なさい。その時の態度や顔色で、真実が分ると思うわ」

メイは頷いた。その拍子に、ポロリと涙がこぼれた。

怒りのあまり、万里はカッと目を見開いた。

「ゲス野郎！　ぶっ殺してやる！」

椅子を蹴って立ち上がった時、メイが腕を伸ばして手首を握った。メイは万里を見上げて、ゆっくり首を振った。

「大丈夫。喧嘩なら、万里君より私の方が強いから」

その夜、店を開けると康平と一緒にメイ、ジョリーン、モニカの三人組が入ってきた。

四人掛けのテーブル席に着くなり、康平は拳を振り上げてガッツポーズを決めた。

「メイちゃん、カレと別れたんだってさ。今日は祝い酒だ！　おばちゃん、お嬢さんたちは俺のおごりで！」

二三は康平の脳天気ぶりに肝を冷やしたが、メイはカウンターに向ってぐいと親指を突き立て、笑顔を見せた。

「マンションに帰ったら、あいつ、ちょうど物色中でさ。預金通帳と印鑑探してた。このまま出ていくか、ボコボコにされてから出ていくかって訊いたら、すぐ逃げ出したわ。あはは」

さばさばした口調で言った。メイの気丈な振る舞いを尊重して、二三も一子も万里も、いつもと変らない態度で酒と肴を勧めた。

乾杯が終ると盃を置いて、メイが溜息交じりに呟いた。

「女って、弱いのよねえ。いつか、誰かが自分を今の場所から連れ出してくれるんじゃないかって、いつも夢見てるの」

モニカがメイを気遣うように頷いた。

「私たちも悪かったわ。一緒になって浮かれてばっかりで、何にも気が付かなかった」

「本音を言えば、気付きたくなかったのかもね」

ジョリーンが哀しげに目を伏せた。

「メイが幸せになったら、私たちにもいつか同じ幸せが訪れるんじゃないか……。普通の男の人に、心から愛される日が来るんじゃないか……。そんな夢を見ていたかったんだわ」

さすがに康平もしんみりと首を垂れた。が、メイはくいと顎を上げ、三人の肩をポンと叩いた。

「でもね、私は、私も捨てたもんじゃないと思ったわ。だって、家族でも恋人でもない人たちが、私のことを一生懸命助けてくれたんだもん。だから、きっと、これからも良いことあると思う」

その通りよ、と二三は思った。メイの選んだ道は険しいかも知れないが、一番メイらしい道なのだ。だからきっとゴールできる。

山手と後藤が現れ、ご常連で満席近くになった頃、ガラス戸が開いて珍しい客が入ってきた。

「まあ、藤代さん！　いらっしゃい」

「電話で声聞いたら、懐かしくなって」

妻の真那も一緒だった。お腹は臨月近い大きさだ。

「安定期に入ったから、一緒に来ちゃった」

二人はテーブル席に座り、お茶と料理を注文した。藤代は妊娠中の妻に付き合って、酒はやめているという。

「男でも女でも、私はどっちでも大歓迎です。願わくば、顔は家内に似て欲しいですが」

「私、男の子だったら誠ちゃんみたいな、女の子だったら、誠ちゃんみたいな男性を好きになる子になって欲しいわ」

風采(ふうさい)の上がらない夫と十五歳年下のモデル出身の妻は、強い愛情と信頼に結ばれて、人も羨(うらや)む鴛鴦(おしどり)夫婦になっていた。

「奥さん、シメにシジミの味噌汁でご飯食べて下さいね。妊娠中にとても良いそうですから」

「ありがとう。是非、いただくわ」

真那は二三に向って微笑み返した。

隣のテーブルで二人の様子を眺めていたメイは、小さな声で「私を月へ連れてって」をハミングした。その低く哀調を帯びた声は、はじめ食堂の喧噪(けんそう)に紛れ、よそのテーブルには届かなかった。

第三話

不倫の白酒

三月と言えば雛祭。

はじめ食堂ではランチのお客さんには雛あられ、夜のお客さんには白酒を一杯サービスする予定でいる。二三は昨日、スーパーで小袋入りの雛あられを買い込んできた。

「世の中現金よね。節分が終ったら急にチョコレート売り場が増えて、十五日になったら今度は桜餅が並んでるの。洋菓子も便乗して、桜のロールケーキとか桜のプリンとか売ってるし」

一子は「まったくだ」と頷いて、熱いお茶を啜った。

二三は炬燵の上に置いたA4の紙に「3月2日ランチタイム　雛あられサービス!」とマジックで書き付けた。

今年の三月三日は土曜日に当たる。現在、はじめ食堂は土曜日のランチはお休みしているので、一日前倒ししたのだ。

続いてもう一枚の紙に「3月3日　白酒サービス」と書いた。白酒はもちろん、常連の

「二月は節分とバレンタイン・デーでしょ。三月は雛祭だけだったかしら？」

「卒業シーズンだけど、うちは関係ないわねえ」

　今は午後三時。昼の営業が終わり、賄いと片付けもすんで、万里は自宅に戻っている。寒い季節、嫁と姑はのんびり炬燵で過ごす。そのままごろりと横になってうたた寝することも珍しくないが、不思議と開店準備に入る四時半にはピタリと目が覚めた。

　万里は四時二十五分には鍵を開けて食堂に入ってくる。白衣を身につけて頭をバンダナで覆い、丁寧に手を洗い終える頃、二三と一子も二階から降りてくる。

「おばちゃん、今夜のお勧めに〝アサリと独活の薄味煮〟もプラスしといて」

「はいよ」

　一子がチョークを取り、黒板にお勧めメニューを書き出した。前もって相談して決めておく料理の他に、最近は万里が即興で思い付いた料理も加わるようになった。

　なるべく旬の食材を使って季節感を出そうというのは、三人に共通の思いだ。例えば今夜のお勧めには〝ホタルイカ・独活・ワケギのぬた〟〝根三つ葉と白魚の卵とじ〟〝新タマネギとスモークサーモンのサラダ〟〝カブと鶏肉団子のゼリー寄せ〟〝牛肉とセロリの炒め物〟〝アサリのタイ風焼きそば〟が並んでいる。

　一年中出回っているように見えるセロリやカブ、アサリにも旬はあるし、ホタルイカ・

独活・根三つ葉・白魚などは春を代表する季節の味だ。

「ねえ、三日の夜はハマグリの潮汁出そうよ」

「良いわね。季節物だし」

「俺さあ、この前吉祥寺の居酒屋で、ハマグリの煮麺食べたんだけど、すごい美味かった。うちでもやんない?」

「へえ。お酒のシメに良い感じね」

煮麺は、ざっくり言えばお吸い物に素麺を入れた料理だ。ハマグリの潮汁とも相性は良いだろう。

「その店でさ、レモンサワー頼んだら、氷の代わりにレモンを凍らせたのを入れてあって、コロンブスの卵だった。これなら溶けても水っぽくなんないし」

万里は手早く新タマネギをスライスしながら言った。

「うちもそれやろうよ。グレープフルーツとかオレンジとか苺とか、他にも応用できるしさ」

二三は独活を五センチの長さに切り、皮を剝いて酢水に晒した。一子はワケギをさっと茹で、笊に上げた。

「そうね。康平さんのお陰で日本酒は充実してるけど、サワー系はイマイチだもんね。これから夏にかけて、ビールとサワーの売上げが伸びる時期だし」

二三は貝殻をこすり合わせてアサリを洗い、ひたひたの塩水に浸(つ)けた。開店までには砂抜きが終っている。

「ちわ〜」

口開けの客は、例によって辰浪康平だった。

「いらっしゃい」

三人は声を揃(そろ)えて出迎えた。二三はおしぼりとお通しを出し、万里は黒板を抱えてカウンターの脇に立った。

康平は目を凝らしてメニューを眺め「う〜ん」と声を漏らした。

「迷うなあ」

「迷ったら取りあえずぬたと卵とじにしなよ。両方季節もんで、間違いないからさ」

「わーった。それと、中華風冷(ひ)や奴(やっこ)」

「まいど」

万里が離れると、康平は日高見(ひたかみ)を注文した。店に置いてある日本酒は全部自分が卸したので、メニューを見る必要もない。

「ああ、春の香りだ」

今晩のお通し、辛子マヨネーズを添えた菜の花のお浸しを口に含み、康平は鼻から息をゆっくり吐いた。

中華風冷や奴に続いてぬたの小鉢が出された。

中華風冷や奴とは、ザーサイと長ネギ、干しエビを細かく切ってゴマ油で和え、豆腐に載せたもの。普通の冷や奴より濃厚で、もっと濃厚にしたければピータンのみじん切りなどをトッピングするのがお勧めだ。そして、ご飯にも合う。

ゴマ油を銘酒日高見でさっと流し、次はぬたに箸を伸ばした。口に含んで、康平はまたしても溜息を吐いた。

「ホタルイカって、イカじゃないよな。すごい濃厚で」

独活のほろ苦さとシャキシャキした食感、ワケギの甘さ、ホタルイカのこってり濃厚な旨味が、辛子を効かせた酢味噌に包まれて口の中で弾け、最後に溶け合う。まさに大人の味だった。

「こんばんは」

ガラス戸が開いて、山手政夫と後藤輝明のコンビが入ってきた。今夜も日の出湯帰りらしく、顔がテカテカだ。

「いらっしゃい！」

二人は指定席となっているカウンターに並んで腰掛けた。おしぼりとお通し、続いて生ビールのジョッキが前に置かれた。

「お待ちどおさま」

二三は康平の前に湯気の立つ器を運んでいった。本日のお勧め料理の一つ、根三つ葉と白魚の卵とじである。

「おお、美味そうだな。万里の新しい卵料理か？」

仕事は魚屋だが一番の好物は卵という山手が、首を伸ばして器を覗いた。

「うん、食べる？」

「ああ。後は……まあ、適当に」

「へーい。まいど」

山手と後藤はジョッキを合わせ、一気に三分の一ほど飲み干した。湯上がりのビールは喉に染み通る。

「はい。ゼリー寄せとぬたとスモークサーモンのサラダです」

後藤は待たされるのが大嫌いで、素早く出てくれれば何でも良いという。ゼリー寄せは作り置きで、ぬたとサラダは和えるだけ。速攻で三品が出てきたので、至極満足そうだ。

ゼリー寄せは鶏肉団子とカブを出汁で煮てゼリーで固めただけの料理だが、作り置きが利くのでとても便利な一品だ。鶏モモの挽肉を卵と片栗粉でまとめて団子にする際、はじめ食堂では生姜のみじん切りを大量に混ぜる。こうすると生姜の香りが立って、ゼリーと二段構えで味が広がるのだ。

スモークサーモンのサラダは、新タマネギが出回る時期しか作らない。新タマネギの甘さと柔らかさがスモークサーモンの脂に馴染み、メインディッシュに近いほどの存在感を持つサラダになる。

「これ、前はイカと炒めてたろ？」

山手が黒板の〝牛肉とセロリの炒め物〟を見て尋ねた。

「そうなんですよ。でも、最近イカが値上がりしちゃって、とても手が出ないの。だから、牛肉に代えちゃった」

二三が肩をすくめた。

「何だ、イカが牛肉より高いのか？」

後藤は信じられないという顔をしたが、毎日商売物に接している山手は、さもありなんと頷いた。

「お客さんに言われるのが一番辛いな。鯛や平目ならともかく、なんでサンマやイカがこんなに高いんだって」

二三は大いに同感だった。家庭なら買わないですむが、店をやっていたら揃えなくてはいけない食材がある。はじめ食堂のレタスのように。

「俺、次は牛肉とセロリね。シメは……どうするかなあ？」

康平が日高見の二本目のデカンタを空にして首をひねった。

「ねえ、おじさん、次はお勧めのレモンサワー、飲まない？　レモンを凍らせて氷の代わりに入れたんだ。脂が切れてさっぱりするよ」

「じゃ、それ」

万里が勧めると、康平は気軽に頷いた。

「アサリがあるなら、この前のチャーハン作ってくれねえか？」

山手が注文を出すと、後藤も「俺も」と続いた。

「へい、まいど」

万里は手早くフローズンレモン入りのサワーを作り、カウンターに置いた。康平は一口飲んで、親指を立てて見せた。

「いける。おしゃれ。女の子が喜びそう……いつかメイちゃんにご馳走してあげよっと」

「他にもグレープフルーツとか、オレンジとか、苺もやってみようと思うんだ」

「良いと思うよ。ブドウや桃も、全部凍らせて入れちゃえば？　味はシロップ使ってさ。すごい贅沢感出るよ」

酒屋の若主人が賛成してくれたので、二三は心強かった。

「そうだわ。白酒で簡単に出来るカクテルとか、ないかしら？」

「雛祭用？」

「うん。せっかくのイベントだから」

「白酒は難しいよなあ。焼酎ならいくらでも出来るけど」

「それよりおばちゃん、桃の花を一輪浮かべるとか、そういうので良いんじゃない？　見た目きれいだし」

「……そっか」

「そうね。じゃ、そうする」

二三と康平が話している傍らで、万里はフライパンを振るった。

牛肉とセロリの炒め物は、本日の日替わりランチの一品だった。イカと炒めるときはニンニクのみじん切りと塩だけで味を付けるが、牛肉の場合は醤油（しょうゆ）と酒を少し加える。その方がご飯が進むからだ。

「うん、ご飯が欲しくなる」

康平はひと箸つまんで頷いた。

「おじさん、半分食べたら、残りで混ぜご飯作ってあげるよ。シメにどう？」

「普通にご飯で食べるのと、どう違うの？」

「違うんだな、それが。載っけるのと混ぜるのって、同じ材料でも結構味が違うんだよ」

「カクテルで言えばステアとシェイクの違いかな？」

「そうそう、そんな感じ」

混ぜご飯にするときは煎（い）りゴマも加えるので、更にひと味違ってくる。

「ねえ、おじさんたち、雛祭に来てよ。またちょっと新作料理、考えたから」

「ほう、そうか。どんなだ？」

山手が目を上げ、出来立ての根三つ葉と白魚の卵とじをレンゲですくった。

「それはその日のお楽しみだよ」

「よし。行く。な？」

山手は後藤に念押ししてから、レンゲを口に運んで「ハフハフ」と言った。


「ああ、もう、どうしよう！」

その夜の九時過ぎ、店仕舞いをしたはじめ食堂に帰ってくるなり、要は大袈裟に身をよじった。

「私、文芸に異動になっちゃったのよ！　しかも担当がいきなり足利省吾だって！　私みたいなペーペーの平社員が！」

編集者の必須アイテム、大きすぎるショルダーバッグを椅子の上に放り出し、コートを脱ぎながら要の嘆き節は続く。しかし、その間も素早く今夜のメニューをチェックするのは忘れない。

「ああ、お祖母ちゃん、私、ぬたと卵とじと牛肉セロリ炒め食べたい。それと菜の花のお浸しね」

「はいはい」

一子と二三は、テーブルの上に万里と要の夕食の皿を並べた。中高年に達した嫁姑コンビは、昼ご飯がメインで、夕食はつまむ程度に抑えている。

「ときに、文芸って何？　文学のこと？」

一子が不思議そうに尋ねた。

「小説・詩・戯曲。所謂文学作品。本はさ、文芸と実用に分かれてんのよ。今は他に電子があるけど。私は入社以来ずっと実用書にいたんだけど、春の異動で文芸になったの」

二三も腑に落ちない気がして訊いた。

「それ、良いことじゃない？　普通にイメージする編集者って、気難しいジジイのとこへ原稿取りに行って、居留守使われたり追い返されたりするんじゃない？」

「それは昔の話。今は本人に会わないでメールだけで遣り取りすることもあるもんね。でも……」

フローズンレモン入りサワーのグラスを片手に、要はまたしても大袈裟に溜息を吐いた。

「足利省吾って、そのイメージに近いのよ。頑固で気難しくて偏屈で。前に、ある大手出版社の担当編集が、差別用語に当たる表現を直して欲しいって頼んだら、激怒して版権引き上げちゃったんだから」

「足利省吾は時代小説でしょ。それなら差別用語が出てきたって、仕方ないんじゃない？」

二三は小鉢にアサリと独活の薄味煮を取り分けた。

「だってお姑さん、昔から普通に使ってきた言葉が、いきなりＮＧなのよ。〝つんぼ桟敷〟とか〝めくら滅法〟とか。この前ラーメンのテイクアウトコーナーで『支那竹下さい』って言ったら、『メンマですね？』って言われちゃったわ」

「そう言えば、カルピスのマークのお人形が、黒人差別だって言われて廃止になったんだってね。誰もそんなこと思ってやしないのにねえ。あれはカルピスのマークなんだから」

「そうよ。『ちびくろサンボ』だって、差別だって言われて絶版になったんだから」

要は両手でバッテンを作り「ピーッ！」と叫んだ。

「お母さんもお祖母ちゃんも、今はそんなこと言ってる場合じゃないの。私が頑固ジジイの担当に回されて、もし失敗したら、クビになるかも知れないんだから！」

二三と一子は顔を見合わせ、万里は不思議そうに首を傾げた。

「最初から話が見えねえよ。だいたいさあ、足利省吾って言えば、大ベストセラー作家だろ？　それをお前みたいなぺーぺーが担当するのもおかしいし、第一、お前んとこみたいな吹けば飛ぶようなつぶれかかった弱小出版社が、どうしてあんなすごい大ベストセラー作家に書いてもらえるの？」

「あんたがうちの会社に付けた形容詞は、そっくり熨斗を付けて返してやるわ。確かにうちは弱小だけど、健闘してるんだから。それに、まだつぶれてないし」

要はレモンサワーを一気に飲み干し、グラスをドンと置いてから先を続けた。

「前の足利先生の担当は真山さんって人で、足利先生と小学校から中学校まで同級生で、大の親友なのよ。先生が新人賞を取ってデビューしたときから、真山さんは編集部を説得して本を出してきたの。最初は初版止まりで、重版が掛かったのは五年も後だったって。でも、それから導火線に火が点いて、足利先生は超の付くベストセラー作家に躍進したの。そんなわけで、足利先生は真山さんに恩義を感じて、どんなに忙しくても、必ずうちで書いてくださるのよ」

真山尊は足利省吾と同級生なので、今年七十歳になる。とっくに定年だが、足利の作品を失いたくない会社に懇願され、再雇用でずっと担当編集者を務めてきた。しかし、今年の初めに脳梗塞の発作に襲われ、復帰は絶望的となった。

「それは分ったけど、でも、何で次がお前なの？　会社には文芸畑を歩いてきたベテラン編集者がいるんだろ。普通、そっちを後釜にしない？」

「それが、大人の世界の汚いとこなのよ」

要は悔しそうにバリバリと独活を嚙んだ。

「誰も、真山さんの代わりにはなれないわけ。それが分ってるから、ベテランはみんなビビって逃げちゃったのよ。もし何かで大先生の逆鱗に触れたら、会社が飛んじゃうかも知れない。その責任を取りたくないから、一番下っ端の私に押しつけたってわけ」

「つまり、ババ抜きのババ引いたってこと？」

「はっきり言えば、そう」

「可哀想に」
　二三、一子、万里の三人は同時に呟いた。
「おまけに足利先生って、食べ物のエッセイも書いてんのよ。そっちの方もうるさいんだって。頑固で気難しくて偏屈で、おまけに食通でグルメなんて、もう、最悪！　私、どうなるの？」

　要は空になったグラスを万里に突きつけた。

「もう、飲むっきゃないわ。お代わり！」


　三月二日は店に桃の花を飾り、ランチのお客さん全員に雛あられの小袋をプレゼントした。たったそれだけのことだが、特に女性のお客さんは喜んでくれた。

「やっぱり良いわね。季節を感じるわ」

「もう、雛祭も完全他人事で、自分じゃ飾らないもんね」

　四人掛けのテーブルに座っているのはワカイの社員だった。四人とも週に何度も来店してくれる常連さんで、年齢は三十前後だろう。

　ワカイは戦前から銀座で商売をしているファッション専門店で、ちょっと前まで本社ビルには中国人観光客のバスが駐まる盛況ぶりだった。一昨年、売り場拡張のために経理機能を分離することになり、経理部がそっくり月島のビルに移転したのである。

それ以来、はじめ食堂のランチタイムにはワカイの女子社員の姿が増えたのだった。

本日のランチは張り切って新作「雛祭ちらし」を出した。シラスと煎りゴマを混ぜた酢飯の上に、ほぐした焼き鮭・錦糸卵・根三つ葉のお浸しを放射状にトッピングし、刻み海苔を掛けたちらし寿司である。春を感じさせる具材が雛祭にピッタリで、見た目も美しい。おまけに、普通のちらし寿司より作る手間が掛からない。

「私、日替わりのちらし！」

「私も！」

案の定、女性客は次々にちらし寿司を注文した。年に一度の女の子のお祭りには、特別感が大切なのだ。

二三はこの日のために築地場外でハマグリを仕入れ、吸い物は潮汁にした。この英断（？）は大成功で、お客さんたちはみな笑顔になった。

「ハマグリなんて、豪勢だねえ」

「おばちゃん、無理しちゃって大丈夫？」

男性客まで軽口を利いた。

「任せなさいって」

二三も笑ってドンと胸を叩いた。

四人の女性は食事を終えて席を立ち、レジで勘定を払った。その時、中の一人が切り出した。

「ねえ、おばちゃん、二十日の夜、お宅でうちの送別会やりたいんだけど、どうかしら？」

「二十日と言うと……」

「火曜日。春分の日の前日」

「うちの課の係長が退職するの」

「とは言っても、係長、実は馬喰町（ばくろちょう）のデカい繊維問屋の跡取りでね」

「家業を継ぐために辞めるんだから、おめでたい話なのよ」

他の三人が口々に説明を付け足した。

「ええと、何名様でしょう？」

「二十三人」

「はい。それでしたら」

はじめ食堂のキャパシティはカウンター七席と四人掛けテーブル五つの計二十七席だった。

「飲み物込みで、一人三千五百円でお願いできるかしら？」

「はい。喜んで」

「良かった！」

四人は安心したように微笑んだ。

「銀座のビストロにしようかとも思ったんだけど、それだと一人最低五千円取られるし、その割りに大した料理出ないし、どうしようかと思ってたのよ」

「そしたら永野さんが、はじめ食堂が良いんじゃないかって。料理は美味しいし、夜は居酒屋もやってるみたいだからって」

「まあ、それはどうも、ありがとうございます」

永野さんは、最初に送別会の件を持ちかけた女性だった。顔は栗のような輪郭で、ショートカットがよく似合う。特別美人ではないがきりっとした印象で、意志の強そうな目をしていた。

「同じ課の人が、ここは夜もすごく美味しいって教えてくれたの。値段は居酒屋だけど、味は割烹レベルだって」

「畏れ入ります。そう言っていただけると、励みになります」

二三はカウンターを振り返った。万里は満面の笑みを浮かべ、カウンターの中から女性たちに向ってペコリと頭を下げた。

「万里君も、いよいよ本格的な料理人になってきたのね」

その日のランチタイムの後半、一時過ぎに来店した野田梓が感慨深げに言った。スネかじりのニート時代とは別人の感がある。

「僕も明日の夜、お邪魔しようかなあ」

三原茂之も独り言のように呟いた。

「是非、いらして下さい。雛祭なので、白酒サービスいたします」

「白酒か……。娘のいない家庭では、縁のない酒だなあ」

「うちは娘がいますが、もう何十年も飲んでません」

二三は苦笑した。

「雛人形も、小学校に上がるまでは頑張って飾ってましたけど、それからはしまいっぱなしで」

「ふみちゃんはデパート、タカちゃんとおばちゃんは食堂やってたんだもん、しょうがないわよ」

梓は三十年来の常連なので、一家の事情は熟知していた。

「だいたい、要ちゃんが雛人形にあんまり執着ないでしょ？」

「そうね。あの子は桜餅があれば人形がなくても」

二人の前に本日のランチセットが運ばれてきた。注文は揃って雛祭ちらしである。小鉢は新タマネギと厚揚げの味噌炒め、蕗の煮物の二品。これに漬け物（白菜漬け）とサラダが付いて七百円。安くはないが、高いと言わせないだけの企業努力を傾けている。

ちなみに、今日の日替わりのもう一品は豚の生姜焼き。焼き魚はサバのみりん漬け、煮魚は銀ダラ。これに定番のトンカツと海老フライが加わる。毎日食べても飽きの来ない、美味しくて栄養たっぷりのメニューがはじめ食堂のモットーだ。

「そうだ、野田さん。要、今度文芸に異動になって、足利省吾の担当にされたって、泣いてましたよ」

万里が自分用の生姜焼きを作りながら言った。

「足利省吾？　すごいじゃない。今や時代小説の大御所よ」

「だから落ち込んでるんすよ。粗相して逆鱗に触れたら、会社クビになるって」

「あら、まあ」

「なんか、すごい頑固で偏屈で分らず屋なんすよね？　おまけにグルメで口うるさいって」

「それはちょっと、違うでしょう」

梓は銀座の老舗クラブでチーママを務めているが、若い頃は有名劇団の研究生で、女優を目指していた。そして大の読書好きで、はじめ食堂に来るときも文庫本を携えている。

「でも、差別用語で出版社と大喧嘩して、絶交したって」

「それは向こうが悪いのよ。あの差別用語事件は単なる切っ掛けであって、それまでにはいくつもの原因があったの」

今から四十年近く前、出版業界が右肩上がりの成長を続けていた頃、その大手出版社は社長が交代した。新社長は「売れる本で儲けた金で、売れなくても良書を出版し続ける」という、〝赤ひげ〟チックな先代の社是を廃し、ひたすら金儲け主義に走った。売れない良書は切り捨て、売れる本は亜流も含めて量産体制を敷いた。小説が売れ始めていた足利も多作を強いられ、おまけに編集部のずさんなミスが続き、ついに堪忍袋の緒が切れて版権引き上げ事件に至ったという。

「でも、あれは各方面から喝采されたのよ。みんな大手に睨まれたら怖いから我慢してたんだけど、足利省吾が一人だけ、敢然と反旗を翻したから。まだデビュー七年目で、今みたいな売れっ子になる前だったのに、勇気あるわよ」

「へええ」

伊達に本は読んでいない、見事な解説ぶりだった。

「確かに、筋の通らないことは大嫌いみたいだけど、わがまま言ったり、難癖つけて編集者をいびったりとか、そういうことはないそうよ。セクハラも一切無し。だから要ちゃん、安心よ」

「野田ちゃん、どうして知ってんの？」

「うちの店のお客さんに作家や編集者もいるからね。足利省吾の噂も、たまに漏れ聞くのよ」

「でも、食通で味にうるさいんでしょ？」

「それも、私は違うと思う」

二三も一子も万里も、身を乗り出して梓の言葉に耳を傾けた。

「食べ物のエッセイが人気で何冊も書いてるけど、だからってグルメとか食通とかって決めつけるのは、早とちりだと思う。だって、実際に読んでみれば分るけど、どこの店のあれが美味いとか、この店じゃなきゃダメだとか、そういうことは書いてないもの」

「じゃ、何が書いてあるの？」

「一言で言えば想い出よね。郷愁。ノスタルジー」

足利省吾は中学生で父を失い、十歳年下の妹と二人、母に女手一つで育てられた。新聞配達をしながら定時制高校を卒業し、小さな広告代理店に就職した。子供の頃から小説が好きで、働きながらコツコツと小説を書き、新人賞に応募する生活を続け、二十五歳の時に新聞社主催の小説コンクールで新人賞を受賞してデビューを果たした。

「お父さんが元気だった頃、家族で行ったデパートの大食堂で食べた料理とか、お母さんが貧しい生活の中で作ってくれた節約料理とか、初めてもらった給料で奮発したすき焼きとか、受賞祝いに行った高級レストランのフルコースとか、全部想い出の味、懐かしいあの日の味なのよ。私、不覚にも電車の中で泣いちゃったわ」

梓は照れくさそうに笑みを漏らした。

「それぞれの料理が、子供の頃や青春時代の出来事、当時の友人知人、懐かしい人の想い出に結びついてるのね。だから高級な料理が出てきても全然イヤミにならないし、大根を煮て七味を振っただけの料理でも、すごく美味しそうに感じられるし」

「いや、仰(おっしゃ)ってること、良く分ります」

　三原がしみじみと言った。

「実は僕も恥ずかしながら、亡くなった妻と、足利省吾のエッセイに出てきた店を食べ歩いたことがあるんですよ」

　一同の口は「ほう」の形に開いた。

「なんというか、所謂ミシュランで星を狙(ねら)うような店はありませんでしたね。どこも清潔でまっとうな感じでしたが、メニューとか味付けとかは、ちょっと昔風な……」

「老夫婦でやってるおでん屋とか、家族でやってるトンカツ屋とか」

　梓の言葉に、三原は「そう、そう」と頷いた。

「店の雰囲気は良かったですねえ。親子、夫婦。従業員同士も仲が良くて、親切で……」

　それから二人はハッと気付いたように顔を見合わせ、同時に声を上げた。

「はじめ食堂みたいな！」

「まあ！」

　今度は二三と一子が同時に声を上げた。

万里がパチンと指を鳴らした。

「決まり！　おばちゃん、その先生、うちで接待しようよ」

唐突に言われて、二三と一子は目を白黒させた。

「でも、それは……」

「要が何て言うか……」

「大丈夫、絶対気に入るって」

「そうかなあ？」

二三は半信半疑だったが、万里は大乗り気だ。

「条件、ピッタリじゃん。嫁と姑仲良いし、店は昭和レトロだし、料理は安くて美味いしさ」

「足利省吾なら、はじめ食堂の良さが分るはずです」

三原が力強く後押しすると、一子も思わず呟いた。

「そう言われると、何となくそんな気が……」

最後に梓がとどめの一言を言い放った。

「足利省吾は五年前にお母さんを亡くしてるの。すごくきれいな人だったんですって。きっとおばちゃんを見たら、お母さんを思い出して感激するわよ」

雛祭の夜、店を開けたはじめ食堂には常連客が集まった。

「はい、まずはお店からのサービスです」

二三は康平のアドバイスに従い、白酒のグラスに桃の花を一輪浮かべて出した。

「あらあ、きれい。雛祭のムード満点ね」

グラスに口を付けた菊川瑠美は、お通しに出された蕗のアンチョビ炒めを見て、頬を緩めた。

「先生の御本で読んで作ってみました」

「嬉しいわ。私は一度本に載せてしまうと、同じものを作る機会がほとんどないの」

瑠美は人気の料理研究家で、順番一年待ちの料理教室を主宰しているほか、月刊誌と週刊誌で料理のコラムを執筆している。毎月かなりの量の料理レシピを考案しなくてはならないのだ。

「蕗の料理はどうしても醤油味が多いから、お客さんも珍しがってくれて、評判良いんですよ」

蕗をオリーブ油で炒め、塩胡椒とアンチョビペーストで味を付けると、日本の食材がイタリアの衣装をまとった料理になる。

「ええと、後は……」

「今日はセリの梅肉ポン酢かけと根三つ葉の鶏わさがお勧めです」

「季節の野菜がたっぷりね。じゃ、それで」

皮肉なことに、料理研究家でありながら……いや、料理を仕事にしているからこそ、瑠美は自分の食事を作る暇がない。そこで週に何度もはじめ食堂を訪れ、野菜たっぷりで栄養バランスの良い食事を摂っているのだ。

「ええと、お酒は……」

瑠美はつい隣の康平をチラリと見た。

「貴か、日高見が良いかしら？」

康平は思わずニンマリした。どちらも前に推薦した酒だ。

「それも良いけど、今日は宝剣を入れたんです。スッキリ辛口で、和食に良く合いますよ」

「じゃ、宝剣下さい」

「はい、まいど」

万里が厨房でフライパンを振りながら答えた。作っているのは山手と後藤が注文したニラ玉だ。

「ねえ、おじさん。鮪の頬肉、ステーキとフライ、どっちで食べたい？」

「う〜ん、そうさなあ」

「俺的にはフライがおすすめ。トンカツともビフカツとも違う美味しさだよ」

「よし。じゃあ、カツで」

それを聞いた瑠美が伸び上がってカウンターを覗いた。

「あ、私もそのフライ下さい！」

二三がセリと鶏わさの皿をカウンターに運んできた。

「先生、今日のシメは、ハマグリの煮麵がお勧めです。うちの若頭の発案で」

「勿論、下さい」

セリも三月が旬だ。さっと茹でて水に晒し、梅肉をポン酢で溶いたソースを掛ける。この梅肉ポン酢ソースは結構万能で、野菜のお浸しだけでなく、冷や奴や刺身、揚げ物、肉のソテーにも合う。

鶏わさは茹でた根三つ葉、ミディアムレアに茹でてほぐした鶏のササミをワサビ醬油で和えた和風サラダだ。旬の根三つ葉の爽やかな香りと食感、しっとりとしたササミから溢れる旨味を、スパイシーなワサビと醬油が後押ししてくれる。根三つ葉の季節が終ったら、アボカドや山芋を合わせても美味しい。

「先生、フライに合わせて新作のサワー、如何ですか？」

揚げ物の準備に取りかかった万里がカウンター越しに尋ねた。

「氷の代わりに、凍らせたフルーツを入れるんです。今日はレモンとグレープフルーツしかないけど、そのうち種類増やそうと思って」

「揚げ物には泡ものよね。ええと、レモンサワーにする」

鮪の頬肉は脂が乗って弾力があり、その食感は魚というより肉に近い。カルパッチョ、グリル、ステーキ、フライと、肉に合う料理法は全部合う。

「でも、俺はフライが一番美味いと思うな。旨味が閉じ込められてるっつーか、外にでないっつーか」

解説しているのは山手だった。

「俺は魚のことは魚屋さんに従う主義。自分じゃ食べらんないからさ」

ジャッと油の跳ねる小気味よい音を背景に、万里が言った。実はシラスから鮪まで、尾頭の付く魚は全て食べられないハンデを背負っている。ただし、海老・蟹・貝類・魚卵はOKなので、本人はそれを残念には思っていないが。

「はい、どうぞ。軽く塩胡椒してあるけど、後はなんでも、好きなもの掛けて下さい」

頬肉フライの皿がそれぞれの前に配られた。付け合わせは千切りキャベツで、手作りタルタルソースが添えてある。

「うん、トンカツともヒレカツとも違う。魚って感じとも違う。でも美味い！」

タルタルソースをたっぷり付けたフライを一口頬張って、康平が鼻息も荒く断言した。

「仰るとおり、フライが一番美味しいかも知れないわ。旨味がギュッと閉じ込められてて」

瑠美も鼻から息を吐いてうっとり目を閉じた。

山手も後藤も、ただ黙々と箸と口を動かしている。

「こんばんは」

そこへ現れたのは三原だった。ランチは常連だが、夜に来店したのは数えるほどしかない。

「いらっしゃいませ。お待ちしてました」

三原はさっと店内を見渡して、カウンターの隅に腰を下ろした。生ビールを注文してから、メニューに目を落とす。

「夜のメニューも充実してますねえ……迷うなあ」

「迷ったら、セリの梅肉ポン酢と鶏わさがお勧めです。それと、本日の目玉は鮪の頬肉のフライ。シメは是非、ハマグリの煮麺をどうぞ」

「万里君も、すっかり板に付いたねえ」

三原は厨房の二三と一子に目顔で挨拶を送った。

「じゃ、お勧めでお願いします」

「少し、量を加減しましょうか？」

「いや、大丈夫。今日は朝も昼も軽いから、充分余裕がある」

三原が右手で腹を撫でたとき、ガラス戸が開いて新しい客が入ってきた。

「まあ、いらっしゃいませ。ようこそ！」

客は男女二人連れで、空いているテーブル席に着いた。女性の方は、ワカイのＯＬ永野さんではないか。

二三はおしぼりとサービスの白酒、お通しを盆に載せ、すっとんでいった。

「嬉しいわ。夜も来て下さったんですね」

「うん。一応幹事の一人だから、偵察に。どのくらい美味しいか、自分で食べてみないとね」

永野さんは連れの男性に目配せして、にっと笑った。

「だから、今日はご意見番を連れてきちゃった」

「おい、おい。私はただの会計係ですよ」

連れの男性客は永野さんと二三に交互に言った。六十前後だろうか。中肉中背で姿勢が良い。髪の毛は白髪が目立つが、顔にはまだ壮年の精悍（せいかん）さが残っている。タートルネックのセーターにジーンズ、革のブルゾンというカジュアルな装いが似合っていた。

「伯父（おじ）です」

永野さんに男性を紹介され、二三は改めて頭を下げた。

「本日はようこそお越し下さいました」

「つばさ……姪（めい）に、前々から聞かされていたんで、来るのが楽しみだったんですよ」

二人は生ビールを注文し、白酒をちびちび飲みながらメニューの検討に取りかかった。

二三が小ジョッキ二つをテーブルに運んだときも、まだ決まっていなかった。

「ねえ、おばちゃん、本日のお勧めは何？」

二三がお勧め料理を伝えると、二人はあっさり注文を決めた。その後もつばさはメニューを離さず、伯父に頭を寄せて言った。

「ポテサラも絶対食べようよ。ここのはホントに美味しいから。あと、タラコと白滝の煎り煮。ここの白滝食べたら、白滝の認識変っちゃうよ。あら、ゼリー寄せって美味しそうじゃない？」

伯父はニコニコしながら頷いた。追加の料理をねだるつばさの声はいつもより少し高く、口調も甘ったるい。昼間のキリリとしたイメージと、すっかり変っている。

二三が厨房に戻って注文を伝えると、三原がカウンター越しに首を伸ばして、そっと囁いた。

「二三さん、新しく入ってきたあのお客さん、男性の方……」

「はい？」

「足利省吾ですよ」

二三はビックリして一子と万里に振り向いた。二人とも小さく口を開け、声に出さずに「まさか」と言った。

「確かですか？」

二三は声をひそめて三原に尋ねた。

「はい。僕は現役の頃、実物を何度も見ました」

足利が受賞した文学賞の受賞パーティーは帝都ホテルで開かれた。その後、足利自身もその賞の選考委員になったので、毎年のように帝都ホテルの会場に足を運んでいる。

「どうしよう？」

二三はまたしても一子を振り向いた。

「いつもと同じにしましょ」

一子はニッコリ微笑んだ。その笑顔を見ると、二三も一瞬でいつもの二三に戻った。

「ホント、そうよね。あはは」

何を焦っていたんだろうと思う。二三は決してミーハーではない。大東デパートのやり手バイヤー時代は、人気モデルやタレントと何度も仕事をして、有名人には免疫が出来ているはずだった。それが、娘が絡むとこんなにオロオロしてしまうなんて。

「でも、意外だな。時代小説家って着物着てると思ってたら、洋服なんだ」

万里が疑問を口にすると、三原があっさり答えた。

「時代小説家だって大半は戦後生まれだからね。日常生活はやっぱり洋服でしょう」

姪のつばさと料理をつまみ、盃を傾けている足利の様子は、ごく普通の優しい伯父さんで、大作家の厳めしさも、食通ぶった気取りも感じられない。梓の言ったことは正しかったのだと、二三は会ったばかりの小説家に好感を抱いた。

　一子が鮪の頬肉フライを運んでいくと、足利は「この白滝は、美味いですねえ」と話しかけてきた。

「姪の言う通り、白滝の認識が変りましたよ」

「それはありがとう存じます。築地のお店で買ってくるんですよ。お店の人もきっと喜びます」

　足利はぐるっと店内を見回してから尋ねた。

「お宅は、いつ頃からやってるんですか？」

「東京オリンピックの翌年からです」

「創業五十三年ですか？　それはすごい」

「最初は亭主と始めた洋食屋で、亭主が亡くなってからは息子と定食屋に衣替えして、息子に先立たれてからは嫁と続けております」

　足利はカウンターの中の万里をチラリと見た。

「それでは、あちらがお孫さん？」

「いいえ。ご近所の、孫の幼馴染み。今では店の大黒柱です」

「驚いたなあ。私はてっきり親子三代でやってらっしゃるのかと思いました。こんなに和気藹々なのに、実際は波瀾万丈だったんですねえ」

一子は嬉しそうに微笑んだ。

「洋食屋時代の面影はもうありませんが、このタルタルソースだけは当時のままです。どうぞたっぷり付けて、足りなかったらお代わりして下さいね」

康平たちには、シメのハマグリの煮麵が出たところだった。

「ああ、磯の香りが……」

瑠美も後藤も山手も、一口汁を啜って目を閉じた。

ハマグリの潮汁は、昆布とハマグリを水からゆっくり煮てアクを取り、火が通った段階で引き上げる。火を通しすぎるとハマグリが固くなるからだ。充分に出汁が出ているので、味を見てほんの少し塩を加えるだけで美味しい。後は食べる直前に汁を温め、茹でた素麵を入れ、ハマグリを鍋に戻して火を止める。

薬味は三つ葉・木の芽・セリ・菜の花などが合う。万里は煮麵に合わせて白髪ネギをトッピングした。

「さっぱりしてて、お腹いっぱいでもツルッと入っちゃう」

「酒の後はこれだな。俺、もうラーメンは卒業するわ」

康平が溜息と共に漏らした。

「万里、新メニューが増えるのは歓迎だが、コンビーフのオムレツは残してくれよな」

「当たり前でしょ。魚政ある限り、卵メニューは不滅だよ」

「万里君は、まだまだ隠し球がありそうですね」

三原が言うと、万里は「それはまたのお楽しみ」と胸を反らした。

先に来ていた常連客が帰り、三原もシメの煮麺を食べ終って勘定を払った。

「夜も良い感じですね。土曜日は会食もないし、たまに寄らせてもらいますよ」

「是非、どうぞ。お待ちしてます」

三原は帰りがけに、足利の前に立ち止まって頭を下げた。プライベートの邪魔をしない配慮は、さすがホテルマンだった。足利も相手が誰か分ったらしく、会釈を返した。

「すみません、お勘定お願いします！」

それから十五分ほどしてから、つばさが手を挙げた。二三は伝票を計算してテーブルに持っていった。

「ここは、普通のものが普通に美味しいですねえ」

「変な褒め方」

「いいえ、一番ありがたいお言葉です。特別なものはない店ですから」

足利は懐かしそうな目でカウンターの方を見遣った。

「亡くなったお袋が作ってくれた料理を思い出しましたよ。普通の料理が、とても美味しかった……」

椅子から立ち上がると、一子もカウンターから出てきた。平日はランチもやっております

「また、お近くにお越しの際はお立ち寄り下さい。平日はランチもやっております」

「是非、寄らせてもらいますよ」

二人が挨拶を交わしている間に、つばさは二三を見て得意そうに微笑んだ。

「伯父様は、気さくな良い方ですね」

「それに、格好いいでしょ？」

つばさは声をひそめて二三にだけ聞こえるように言った。その表情は大事なおもちゃを自慢する子供のように輝いていた。

「はい。それに、お洋服の趣味がよろしいですね」

「だって、私がコーディネートしてるんだもん」

「おい、帰るぞ」

足利が戸口に立って手招きした。

「はーい。それじゃ、送別会もよろしくね」

つばさは小走りに足利の元へ行き、しっかり腕を絡めた。

「ごちそうさま」

二人はそのままガラス戸を開けて出ていった。その後ろ姿に、二三は苦笑した。

「しっかりしてるみたいだけど、伯父さんの前では小学生みたい」

しかし、一子は腑に落ちないような顔で首をひねったのだった。

翌日、地方出張先から帰ってきた要が足利来店のニュースに狂喜乱舞したことは言うまでもない。

「やったーッ！　これで私、足利先生の接待のツボを押さえたわ。将来出世間違いなしよ！」

要の有頂天が一段落したところで、一子が訊いた。

「先生と姪御さんは、ずいぶん親しいのね。実の親子みたいだったわ」

「それはそうよ。足利先生は妹さん母子（おやこ）と暮らしてるんだもん」

「あら、初耳」

足利の妹は大学在学中に恋愛結婚したが、つばさが生まれてすぐに夫を癌（がん）で失った。足利がとうとうベストセラー作家になった頃だ。それ以来、妹母子を引き取って面倒を見てきたという。

「お気の毒だけど、足利先生が独身を通したのも、そのせいなのよ。お母さんと妹さん母子の面倒を見なきゃいけないからって」

「まあ」

二三と一子は同時に驚きの声を上げた。大作家であり、年齢からいっても、当然妻帯しているものと思っていた。

「サラリーマンや公務員なら良かったんでしょうけど、作家は不安定な職業だから、将来どうなるか分らない。結婚相手を泣かせるようなことになったら申し訳ないって。……こら辺の事情は、編集長の受け売りだけど」

二三は実際の年齢よりずっと若々しく見えた足利を思い出した。

「でも、今では押しも押されもせぬ大御所だし、姪御さんは一人前になったし、お母さまもお亡くなりになったし、結婚の話が出てもおかしくないと思うけど」

「今更、面倒臭いんじゃない？」

「だってあんた、前に熟年の婚活が盛んだとか言ってたじゃない」

「あ、そうよね。そうだわ。足利先生なら条件良いし、お相手は選り取り見取りよ」

要は現金に前言を翻した。


三月二十日の火曜日、はじめ食堂は五時半から九時の閉店時間まで貸しきりとなり、ワカイの送別会が開かれた。翌日は春分の日で祝日だから、社員たちも安心して飲めるだろう。

各テーブルにはパイプ椅子を一つ足して、全員テーブル席に座れるようにした。カウンターにはビール・ワイン・日本酒・焼酎・ウィスキーなどの酒類とソフトドリンク類をずらりと並べた。氷を入れたバケツと炭酸も備え、お好みのサワーが作れる。料理はテーブル毎に大皿で出し、各自取り分けてもらう。パーティー料理は見た目の派手さも大切だ。

「まずはオードブルです」

女性たちが歓声を上げた……送別会に参加したのは、退職する係長以外、全員女性だった。主役の係長は三十くらいで、いかにも〝良いとこの坊ちゃん〟風だ。

大皿に載ったオードブルは三種類。新タマネギとスモークサーモンのサラダ、タコとプチトマトとモッツァレラチーズとバジルのサラダ、豆腐とジャコのホテル風。赤・白・緑・ピンクで、彩りも美しい。

豆腐とジャコのホテル風とは、ゴマ油で炒めたジャコを絹ごし豆腐に掛けただけの料理だが、食べてみるとホテルで出しても通用するくらい美味しい。実際に出しているホテルもあるくらいだ。

「松木(まつき)係長の前途を祝して、カンパーイ！」

つばさの音頭で、女性たちは一斉にグラスを合わせた。それからはカウンターに並べた酒は、かなりのスピードで減っていった。

ジャガイモと挽肉のグラタン、ロールキャベツのトマトソース煮、アクアパッツァと、次々に豪華な料理が運ばれた。メインははじめ食堂自慢の海老フライと、業務用グリルでこんがり焼いたスペアリブ。ソースにマーマレードを使っているのがミソだ。

「あらあ、このスペアリブ、柔らかい！」

誰かが言うと、次々賛同の声が上がる。

「それに、ソースが美味しいわ」

女性たちはおしゃべりに花を咲かせながら、旺盛な食欲を見せて料理を平らげてゆく。傍で見ていると、主役の係長はそっちのけの感じだ。松木自身、せっかく宮仕えを辞めて実家の会社を継ぐというのに、あまり嬉しそうではない。女性たちの話に時折気のない相槌を打ち、料理にもほとんど手を付けず、ハイボールを飲み続けている。

「もしかして、料理が口に合わないのかしら？」

二三は心配になって一子と万里に耳打ちしたが、二人はきっぱりと否定した。

「あたしはあの方、心ここにあらずのように見えるわ。何か心配事があるんじゃないかしら？」

「ＯＬさんたちは大喜びで食べてるんだから、俺も、料理の問題じゃないと思う」

「そうよねえ」

安堵する一方、それでは何を心配しているのかと、二三は余計なことが気になった。

「それはあっちの問題だから。うちが心配したって、しょうがないよ」

万里の言うことはもっともだった。しかし、気になる……。

「みなさん、次はお食事になります。シメは和風で、アサリの炊き込みご飯とかき玉のおつゆ、お新香です」

ＯＬたちが一斉に拍手した。

ご飯セットを配り終ると、厨房はデザートの用意を始めた。一〇〇パーセントオレンジジュースをゼラチンで固めたゼリーにバニラアイスを添え、ミントの葉を飾った品だ。たかがデザートとは言え、あるのとないのとでは、女子の好感度は大きく違う。

「それでは最後に、松木係長にご挨拶をいただきましょう」

幹事の一人の言葉に、一同は松木に注目して拍手した。松木はフラリと椅子から立ち上がった。

二三はカウンター越しに松木の顔を見て、危ない、と思った。身体は前後にゆっくりと揺れ、完全に目が据わっている。水の入ったグラス片手にホールに出ようとした瞬間、松木は割れるような声で叫んだ。

「つばさ、僕は君と別れたくない！　妻とは別れる！　だから、捨てないでくれ！」

食堂は水を打ったように静まりかえった。誰もがショックのあまり石のように固まって動けない。そんな中、松木はテーブルを回ってつばさの足にしがみついた。

「つばさ！」

「知らない！」

つばさは弾かれたように立ち上がり、松木の手を振り払った。

「なに言ってんですか⁉　変なこと言わないで下さい！　私、知りません！」

そう叫ぶと、なおも追いすがろうとする松木を突き飛ばし、脇目も振らずに表に走り出た。松木は尻餅(しりもち)をつき、そのまま床に突っ伏して泣きむせんだ。

まだ若いＯＬたちはこの異常事態になすすべもなく、オロオロと互いの顔を見合っている。

二三は万里と一緒に松木の脇に手を入れて支え、なんとか立たせて椅子に掛けさせた。一子はもう一人の幹事役の女性に勘定書きを差し出し、会計を促した。

「係長さんは、大丈夫ですよ。酔いが覚めるまで、ここで休んでいただきますから」

「すみません」

「ご迷惑掛けます」

「よろしくお願いします」

「ごちそうさま。すごく美味しかったです」

「またランチ、楽しみにしてます」

女性たちは口々に詫(わ)びと礼を言い、帰っていった。

それから約一時間、二三たちは後片付けに勤(いそ)しんだ。その間も、松木は机に突っ伏したまま、何かブツブツ言っていた。

「お水を如何ですか？」

二三が水を差し出すと、ゴクゴクと喉を鳴らして飲み干し、お代わりを頼んだ。コップ二杯の水を飲んだ後、松木は再びヨヨと泣き伏した。そして、涙ながらに愚痴を垂れ流した。

「確かに不倫は良くないです。それは充分分ってます。でも、誘ってきたのはつばさの方なんです。僕は彼女の情熱に引きずられて、過ちを犯しました。そして、それからも……。それなのに、僕が本気で結婚を考え始めると、つばさは急に冷たくなって、僕を避けるようになったんです」

つまり、女の手練手管に引っかかって深みにはまってしまったと言いたいのだった。

いい気なもんだわ。自分だって浮気を楽しんだくせに。それに、この人は会社を離れるからいいとしても、同僚の前で不倫をバラされたつばささんは、これからどうなるのよ？

だいたい、女に振られたからって人前でおいおい泣くなんて、男の風上にも置けないわ。しかも酒に酔った勢いで。

二三は内心穏やかではなかったが、酔っ払い相手に何を言っても無駄なので、一刻も早く追い出すことにした。

「万里君、タクシー呼んでくれない？」

「がってん」

タクシーが来ると、いくらか酔いの覚めた松木を強引に座席に押し込んで「お願いします」と送り出した。

「万里君、ありがとう。いろいろご苦労様でした」

「いやあ、ビックリした」

「送別会で修羅場見なくても、良いのにねえ」

一子だけは腑に落ちない顔で呟いた。

「あの子は、あの男の何処が良かったのかしらねえ」


春分の日の翌日、夜の営業を始めてすぐ、足利省吾が菓子折りを手に現れた。キチンと背広を着てネクタイを締めている。顔は〝苦渋に満ちた〟という表現そのものだった。

「一昨日は姪がとんだご迷惑をお掛けしました。まことに申し訳ないことでした」

そう言って深々と頭を下げた。

「いいえ、ご心配なく。こちらこそかえって恐縮です」

一子は隅のテーブルに案内して、向かい合った。

「本当にお恥ずかしい話です。正直、今でも信じられない……いや、信じたくない気持ちです」

「姪御さんは、その後、どうなさっていますか?」

「はあ。とにかく、会社は辞めるつもりのようです。まあ、あんなことがあった後では、とても顔を出せないでしょう」

足利は悩ましげに溜息を吐いた。

「あのう、立ち入ったことを伺ってすみませんが、もしかして、伯父様は結婚をお考えですか？」

足利は驚いて目を見開いた。

「はい。実は昨年、仕事を通して知り合った女性と……」

相手は次回作の取材のために対談した押し花作家の女性だった。足利は小学校の宿題の押し花しか知らなかったが、美術展に出品される押し花は、ほとんど絵画だった。その素晴らしさに感動し、何度も取材に訪れるうちに、互いに惹かれるようになっていった。

「彼女は今年六十五歳になります。会社勤めの傍ら押し花の勉強に打ち込んできて、結婚はしなかったそうです。私もこの年まで独り身です。お互い似たような境遇なのも、何かの縁ではないかと」

「そのことを姪御さんには？」

「去年の暮れに、それとなく……。勿論、妹もつばさも賛成してくれました」

そこで足利はもう一度深い溜息を吐いた。

「ただ正直、少し自信を失っています。つばさはもう立派に一人前だと思っていたのですが、今度のようなことがあると先が思いやられて。また何か不祥事を引き起こして、彼女にも心労をかけることになるのではないかと、それが心配で……」

一子は優しく頷いた。

「お気持ちは良く分りますよ。でも、もうご心配なさらなくて大丈夫です」

足利はパチパチと目を瞬いた。

「明日にでも、つばささんにこちらに来るように、伯父様から仰っていただけませんか?」

足利はもの問いたげに口を開き掛けたが、結局は何も言わず、黙って頭を下げた。

「何分、よろしくお願いいたします」

つばさは翌日、足利と同じ時間にやってきた。

「送別会の時はすみませんでした」

一子と二三の前に立ち、深々と頭を下げた。足利に、自分でキチンと謝罪するように言われてきたという。

「お気になさらないで下さい。あなたはむしろ被害者なんですから」

一子は優しく言って、つばさを隅のテーブルに案内した。

向き合って席に着くと、一子はズバリと切り出した。

「つばささんは、伯父さんに結婚して欲しくないんですね」

つばさはハッと息を呑む顔になった。

「足利先生は伯父さんであると同時に、あなたの憧れの人で、心の恋人でもあるんですね」

つばさは何も言わずに顔を背けた。その態度は一子の言葉が正鵠を射ているのを示していた。

「その気持ちは良く分りますよ。先生は優しくて、ご家族思いで、それに何と言っても魅力的な男性ですものね」

突然父を失ったつばさと母を引き取り、父親代わりに保護してくれた足利は、人気作家でもあった。つばさの感謝と尊敬は大きく育ち、いつしか恋心に変っていたのだろう。

「でも、伯父さんを困らせるためにわざと不倫に走るなんて、良くありませんよ。一番傷ついたのは、あなた自身じゃありませんか」

「そんなこと、良く分ってます」

つばさは吐き捨てるように言った。

「私に伯父の幸せを邪魔する権利はありません。恩を仇で返すような真似をしたことも、良く分ってます。でも、どうしようもないんです」

「まず、家を出て伯父さんから離れなさい」

つばさは明らかにたじろいだ。

「いつも目の前にいるから執着が断ち切れないんです。離れて暮らせば、徐々に気持ちも薄らいで、いつかは忘れられます。『去る者日々に疎し』とは、そういうことですよ」

聞き耳を立てている二三と万里も固唾を呑んだ。

「足利先生の結婚相手の女性は六十五歳だそうです。お似合いだと思いますよ。お互い前期高齢者です」

「伯父は老人じゃありません！」

「いいえ、立派な老人です」

一子はきっぱりと言った。

「これからの伯父さんは、今までの伯父さんとは違っています。徐々に変っていって、やがて別の人になります。別の人になってしまった伯父さんを見て、あなたは失望と後悔しか感じられないでしょう。あなたはまだ若いからそんなことは想像も出来ないでしょうが、伯父さんはちゃんと分っているんです」

一子は自分の両手に目を落とした。

「私はもう、十年前に出来たことが出来ません。そのうち、五年前に出来たこと、一年前に出来たことが出来なくなります。最後は、昨日出来たことも出来なくなるでしょう。年を取るというのはそういうことです。少なくとも、伯父さんはその覚悟をしています」

一子はじっとつばさの目を見つめた。

「伯父さんは共に老いて行く相手を伴侶に選びました。それはあなたには出来ないことです。伯父さんが百歳になっても、あなたはまだ六十ちょっとですもの」

一子は身を乗り出し、つばさの手に自分の手を重ねた。

「今のあなたが出来るのは、老いることじゃなく、大人になることです。伯父さんを、子供の世話から解放してあげなさい」

つばさはしょぼんと肩を落とし、小さく頷いた。

二三は涙が溢れそうになるのを、抑えることが出来なかった。

「……お姑さん」

一子はカウンターの方を振り返り、二三と万里に向って親指をぐいと立て、ニッコリ笑った。

「大丈夫よ。まだまだくたばらないわ」

第四話

ふたりの花見弁当

本日のはじめ食堂の日替わりランチは〝家庭料理の王者〟コロッケと、中華風オムレツである。コロッケはプレーンとカレー味の二個付け、中華風オムレツは鶏ガラスープの餡かけにしてある。

「はい、どうぞ」

ワカイのOL四人組は、ちょうど二人ずつコロッケ派とオムレツ派に分れている。それぞれ隣にお裾分けして、相手の料理を味見用にもらっている。

「ねえおばちゃん、コロッケのローテーション、もっと早くなんない？」

「コロッケはねえ、何しろ手がかかるから」

「コロッケを制するものは料理を制す、よね？」

「あら、良く覚えてるわね」

「この間自分ちで作ってみたのよ。そしたらおばちゃんの言葉が身に沁みたわ」

「えらいわ。コロッケが作れれば、家庭料理はなんでも作れるわよ」

常連さんとちょっと言葉を交わしたら、カウンターにとって返し、焼き魚定食のお客さんに盆を運ぶ。

本日の焼き魚は赤魚の粕漬け、煮魚はサバの味噌煮。小鉢はニラとモヤシのナムル、チーズちくわ。味噌汁は豆腐とワカメ。漬け物はカブとキュウリの糠漬け。それにドレッシングかけ放題のサラダが付いて、ご飯と味噌汁はお代わり自由。定価七百円は安くはないが、高いと思われないための努力は欠かさない。

柱の時計が一時を指すと、お客さんの波は一気に引いて行く。するとやって来るのは、野田梓と三原茂之だ。

「コロッケで」

二人はほとんど同時に注文した。今日の日替わりがコロッケというのは昨日のうちに分っているので、二人とも売り切れを見越して予約してある。

「ふみちゃん。あたし、ここのコロッケは資生堂パーラーより美味しいと思うわ」

「野田ちゃん、そこまで言わなくて良いから」

「あら、本気よ。だいたいあそこ、コロッケじゃないもんね。ミートクロケットだから」

ミートクロケットは正統派フランス料理で、つなぎはベシャメルソース、ジャガイモは使わない。

「今更ながら、最初にジャガイモでコロッケを作った人は立派です」

コロッケに箸を入れて、三原がしみじみと言った。

「それに、トンカツに千切りキャベツ添えた人……煉瓦亭だったたっけ。今じゃ、千切りキャベツ無しのトンカツなんて考えられないもん」

洋食は日本人の偉大な発明というのが、はじめ食堂に集う人々の一致した意見だ。

ゆっくりと食事を楽しんだ三原が、隣のテーブルを片付けている二三に声をかけた。

「実は、はじめ食堂のみなさんを花見にご招待したいんですが」

「お花見ですか？」

二三はテーブルを拭く手を止めて振り返った。

「ええ。僕の住んでるマンションの下の広場は桜が何本も植わってましてね。季節になるとそりゃあきれいなんです。毎年、お花見をしている人たちで賑わっています。僕は一人暮らしなんで、いつも指をくわえて眺めてたんですが……」

三原茂之は食後のほうじ茶を啜って先を続けた。

「はじめ食堂のみなさんとご常連のみなさんが一緒なら、僕も賑やかに花見が楽しめる。それで、声をおかけしてみようと思い立ったんです」

「まあ、それはありがたいお話だわ。ねえ、お姑さん？」

二三は厨房でコロッケを揚げている一子に言った。

「ホントに。お花見なんてずーっとしてないものねえ」

一子は皿を洗っている万里に目顔で問いかけた。

「俺、会社入って最初の仕事、花見の席取り。すげえ寒い日で、風邪引いちゃってひどい目に遭った」

「そう言えば要もそうだったわ。みんなやらされるのかしら」

「それじゃ是非、佃の花見でリベンジして下さい。寒かったり雨が降ったりしたら、僕の部屋に避難しましょう。ベランダからも桜が眺められるんです」

三原の住まいは佃に聳える高級マンションの一つらしい。

「今度の日曜は如何です？　その辺が見頃じゃないかな」

東京の桜も三月の下旬からちらほらと開き始め、四月に入ってほぼ満開となった。花の盛りはあと一週間くらいだろう。

「日曜の昼間ですから、野田さんもどうぞ」

「まあ、ありがとうございます」

食後の一服を楽しんでいた野田梓は、灰皿で煙草を消して頭を下げた。

「それじゃ、張り切ってご馳走作らないとね」

二三が意気込むと、三原があわてて首を振った。

「いえいえ、それには及びません。今回は私がみなさんをご招待するんですから、お弁当はこちらで用意させていただきます」

「あら、でも」

「申し訳ないわ」

二三と一子は顔を見合わせたが、三原はニコニコして言い足した。

「その代わり、お飲み物は各自で持参して下さい」

そのまま席を立ち、勘定を払った。

「それと、二三さんの方から他のご常連さんにこの件、伝えていただけますか？　人数が確定したら弁当を注文しますので」

「はい。きっとみなさん、大喜びですよ」

「じゃ、よろしくお願いします」

三原が出ていくと、女三人は小さく歓声を上げた。

「やったね。高級マンションで花見！」

「どんなお弁当が出るんだろうね」

「あたし、三原さんの部屋でお花見したい」

万里は呆れた顔で、賄いの皿をテーブルに並べた。

「みんな、ミーハーだなあ」

「だってしょうがないじゃない。こちとら、高級マンションなんか縁がないんだから」

「そうそう」

梓が手提げに文庫本をしまい、財布を引っ張り出した。

「でも、日本って桜が多いわよね。特にお花見ってしゃれ込まなくても、あちこちに咲いてるから、毎日お花見してるようなもんかも知れないわ」

「そう言われてみれば、そうかもね」

二三も季節になると、あちこちで桜の花を見かけることに気が付いた。

「でも、やっぱり桜の木の下でお弁当広げる気分は格別よ」

「そりゃあね」

梓が出ていくと、万里がふと思い出したように言った。

「ねえ、おばちゃん。青木（あおき）たちも誘ったらダメかな？」

「メイちゃんたち？　良いんじゃない。三原さん、賑やかな方が喜ぶと思うわ」

万里はホッとした顔になった。

メイこと青木皐（すすむ）は万里の中学の同級生で、性同一性障害者だった。今は六本木のショーパブのスターで、戸籍名もすすむから「さつき」に読み方を変えた。仲間のモニカ、ジョリーンと三人で、毎週はじめ食堂にランチを食べに来てくれる。万里と二三、一子の三人は偏見なく付き合っているが、三原はもしかして、自分のテリトリーに三人を入れることにためらいがあるかも知れない。

万里の気持ちを察して、二三は言葉を添えた。

「三原さんはそんな心の狭い人じゃないよ。何しろ、奥さんの看病のために帝都ホテル社長の座を捨てちゃったくらいだもん。見栄とか体面より、人の気持ちを大事にする人だと思うよ」

「……そうか。そうだよね」

万里も嬉しそうに頷いた。

三原と梓が帰ると、メイたちが来る日の他はほとんど客は来ない。三人はテーブルに賄い料理を並べて昼食を食べ始めた。今日は三人ともコロッケ定食だ。

そして万里の自宅へのお土産もコロッケと小鉢の二品である。

「良かったらサバの味噌煮も持ってらっしゃいよ。明日のお父さんとお母さんの朝ご飯に」

「ラッキー。親父もお袋もさ、昨日から『明日の夜はコロッケよね?』とか言っちゃって、小学生みたいなの」

万里の両親は中学校校長と高校教師の共働きで、言うまでもなく二人とも非常に多忙である。息子がはじめ食堂から持ち帰る料理の数々は、赤目家の食卓を大いに賑わした。しかも息子の手作りなのだから、感慨ひとしおであろう。

「ねえ、おばちゃん。夜のコロッケはベシャメルソース混ぜて、高級感だそうと思うんだけど、どう?」

「あら、良いわねえ」

「名前も〝ミート半分クロケット〟にしようか？　資生堂パーラーにあやかって」

　一子の言葉に、三人は和やかな笑い声を立てた。


「三原さんのマンションで花見？　行く行く、絶対行く」

　その夜の口開けの客、酒屋の若主人辰浪康平は大乗り気で返事をした。

「山手のおじさんと後藤さんも絶対行くよ。日曜の昼間なんかどうせすること……」

　言いかけて、思い出す顔になった。

「あの二人はダンスか。パーティーと重ならなきゃ良いけど」

「この前、幕張のアパホテルでやったんじゃないの？」

　お通しの小皿に茹でた空豆を盛りながら万里が言うと、康平は大きく首を振った。

「あれは去年の話。おじさんの通ってる中条先生の教室は、春と秋の年二回、パーティー開いてるんだよ。みんな衣装付けてパーティーで踊るのが楽しみで習ってるから、パーティーの少ない教室は客が集まんないんだって」

「康平さん、詳しいわね」

「だって俺、すごい誘われてるんだもん。後藤さんの勧誘に成功したから、おじさん、次のターゲットを俺に定めたんだよ」

「康ちゃんも習えば良いじゃない。社交ダンスは身体に良いそうよ」

一子がガスの火を調節しながら言った。

「もう、勘弁してよ。おばちゃんはここで間に合ってるんだから」

康平は大袈裟に顔をしかめた。社交ダンスを習うのは中高年の男女、特に女性が多い。希少価値のある男性は教室でモテモテだというのだが……。

「おじさんは女護が島だって言ってたよ」

万里がからかうと、康平はブルッと首をすくめた。

「生き地獄の間違いだろ。全部俺のお袋と同じか年上ばっか」

一子は苦笑を漏らし、小鉢にアサリと若竹のさっと煮を盛りつけた。文字通り、アサリの出汁でさっと煮た料理だが、旬の素材の美味しさがストレートに楽しめる一品だ。

「おじさん、本日のお勧め特製コロッケ資生堂風、食べるよね?」

「当然」

「そんじゃ、ビタミン補給に日向夏のサラダ食べない？　菊川先生のレシピだよ」

「もらう、もらう」

日向夏は二十年ほど前から全国に浸透するようになった柑橘類だ。爽やかな香りは柑橘類の中でも群を抜いている。皮を剝いてざく切りにした日向夏と生ハム、モッツァレラチーズ、キュウリ、トマトをフレンチドレッシングで和えたサラダは、日向夏の酸味と生ハムの塩気をモッツァレラチーズがほどよく中和して柔らかな味わいとなり、食べ応えもある。

康平がコロッケの揚がる音を聞きながらもりもりサラダを食べていると、噂の二人が入ってきた。

「いらっしゃい！」

「待ってました！」

カウンターに座った山手政夫と後藤輝明に、二三と万里が拍手を浴びせた。

「なんだよ、いきなり？」

「ビッグニュース、ビッグニュース」

二三がカウンターを回っておしぼりを出し、万里は小ジョッキに生ビールを注ぎ出した。二人のテカテカした顔を見れば日の出湯帰りなのは一目瞭然で、それなら当然最初はビールだろう。

「三原さんがね、今度の日曜にお花見に招待して下さったの。政さんたちもどうぞって」

「へえ」

一子の運んできたお通しの空豆に手を伸ばして、二人は同時に言った。

「ダンスパーティーと重ならないと良いけど」

「いや、大丈夫です。春のパーティーは四月二十九日ですから」

空豆を口に入れたまま後藤が答えた。

「あら、天皇誕生日ですね」

「ちゃう、今は昭和の日」

万里がすかさず二三の言葉を訂正した。

「でも、ゴールデンウィークの真っ只中(ただなか)でしょ？　よくそんな日に会場が取れましたね」

「仏滅なんだよ、おばちゃん」

康平がニヤニヤ笑いながら補足した。

「で、政さんと後藤さんは、お花見どうする？」

「そりゃあ行くよ。せっかく三原さんが招待してくれたんだ。なあ？」

山手は後藤を見て促したが、後藤は幾分困惑気味の顔をした。

「三原さん家って、どこだ？　遠いのか？」

後藤は出不精で遠出が嫌いだった。警察勤務の頃、靴底をすり減らして歩き回ったので、引退したらもう出歩きたくないらしい。

「近所だよ。あのタワーマンションのどれか」

「なんだ、知らないのか」

「まあ、いずれにせよご近所には変りませんよ。一緒に行きましょう、後藤さん」

一子がにこやかに後を引き取ると、後藤は素直に頷いた。

山手と後藤の前にもさっと煮とサラダ、サバの味噌煮の皿が並んだ。

「おじさん、今日は特製コロッケ資生堂風がお勧めだよ」

「おう、くれ。それと何か、卵」

「中華風で良い？」

「シェーシェー」

フライパンから刻み生姜を炒める良い香りが立ちのぼり、続いて小エビと長ネギが弾けて踊り、最後にゴマ油と中華スープの素を加えた溶き卵がダイビングする。卵で具材をふんわりと包み込み、ミディアムレア状態まで火を通して止める。生姜とゴマ油がタッグを組んだ香りの良さ、小エビと長ネギの甘さと美味さを、柔らかくて滑らかな卵が一つにまとめ、別の次元へ昇華させる……。

山手は中華風オムレツを頬張り、幸せそうに目を細めた。

「昼間、これに銀餡かけて出したら、ＯＬさんたちに結構人気あったよ」

「だろうな」

「女性好みだよね。オムライスとか親子丼の系統だもん」

相槌を打った康平はコロッケの皿に目を落とし、鼻の穴を膨らませた。ランチより一回り小さなコロッケが二つ、赤いソースを敷いて鎮座している。市販のパスタ用トマトソースを牛乳で伸ばしたものだ。資生堂に敬意を表して、同じスタイルを真似てみた。

「美味いなあ……」

コロッケのネタにベシャメルソースを半分混ぜると、普通のコロッケともクリームコロッケとも違う、芳醇にして濃厚な、贅沢極まりない味わいとなる。

「ああ……」

三人の男性陣はしばし言葉もなく、ひたすら目の前の料理を口に運んだ。

「ねえ、おじさんたち、今日のシメだけど」

万里がフライパンを洗いながら尋ねた。

「釜揚げシラスとアスパラのパスタなんかどう？」

「ここでパスタって、珍しくない？」

康平が皿から顔を上げた。

「うん。はじめ食堂のメニュー検討したら、パスタ類が弱いなって」

「そりゃしょうがねえよ。ここは昔はれっきとした洋食屋、その後は食堂兼居酒屋だからさ」

中華風オムレツを平らげた山手が言った。往年のはじめ食堂を知る、今や数少ない一人だ。

「だいたいパスタってスパゲッティだろ。あれは喫茶店で喰うもんだ」

「喫茶店は、どこもたいていナポリタンやってたな」

後藤は何かを思い出すように壁のメニューを眺めた。

「ピーマンとウィンナーが入ってたっけ……」

「俺はシラスのパスタもらう。おじさんと後藤さんは？」

康平が山手と後藤に顔を向けた。

「俺は、釜揚げシラスがあるなら丼がいいや。茶漬けとかな」

「早いし」

後藤も持論を言って同意した。

常連の二人に新メニューが受け入れられなくて、万里は明らかにガッカリしていた。

「世代間の相違だよ、万里。おじさんたちには、パスタは昼ご飯のイメージなんだ、きっと」

「そうねえ。あたしもやっぱり夕ご飯でスパゲッティって、なんかしっくりこないわ。お蕎麦やうどんだと何となく納得するんだけど」

一子は山手と後藤の前に日本酒のデカンタを置いて言った。今夜の酒は康平お勧めの宝剣だ。

「スパゲッティとマカロニがいつの間にかパスタだもんな。最初は倅や孫が何言ってんのかわかんなかったよ」

「こんばんは」

そこへ菊川瑠美が入ってきた。

「いらっしゃい」

はじめ食堂の三人は声を揃え、二三がいそいそとカウンターに近寄った。

「先生、今日、先生のレシピで日向夏のサラダ作りましたよ」

「あら、嬉しい。いただくわ」

「お勧めは特製コロッケ資生堂風」

「もちろん、いただく」

「シメに釜揚げシラスとアスパラのパスタなんか、如何ですか？」

「ここでパスタって、初めてかも知れないわね。それも下さい」

二三はカウンターの中に向って、ぐいと親指を立てて見せた。万里はニカッと微笑み返した。

「お飲み物は？」

「フローズンレモンのサワー」

瑠美はお通しの空豆を口に放り込み、本日のお勧めが書かれた黒板に目を走らせた。

「二三さん、アサリと若竹のさっと煮って、新メニューでしょ？」

「はい。うちの若頭の提案で」

「じゃ、それも下さい。いかにも季節のお料理だわ」

またしても万里は頬を緩めた。自分の発案した料理がオーダーされると、嬉しくてたまらないのだ。単純この上ない性格だが、二三も一子も、それが料理人には大切なモチベーションだと思っている。

「そうそう、今度の日曜日、三原さんがお花見に招待して下さったんです。先生もご一緒に如何ですか?」

「まあ、嬉しい」

しかし、すぐに残念そうに眉(まゆ)をひそめた。

「でも、ダメだわ。今週の土・日は京都と神戸で講習会の予定なの。『婦人華報』の読者優待企画で」

「お忙しいですねえ」

人気料理研究家の瑠美は、順番一年待ちの料理教室を主宰するほか、週刊誌や月刊誌に料理コラムを連載している。「婦人華報」は戦前から続いている高級女性月刊誌で、読者もセレブが多いと言われていた。

「先生は夕ご飯にパスタって、抵抗ないですよね?」

日向夏のサラダを頬張る瑠美に、康平が声をかけた。

「ええ。どうして?」

「さっき、ちょっとした世代間論争が持ち上がったんですよ。パスタで夕飯が抵抗ない世代と、スパゲッティは喫茶店で食べる昼ご飯のイメージだっていう世代と」

　すると瑠美の目がキラリと光った。

「実は、私も最近、それを考えていたんです」

　瑠美の熱を帯びた口調に、コロッケを揚げている一子も、さっと煮に火を入れている二三も、釜揚げシラスとアスパラのパスタを作り始めた万里も、思わず手を止めて耳を傾けた。

「日本の家庭料理って、三回大きな転換を経験してるんです。明治維新で西洋料理が入ってきたとき、戦後アメリカ文化が入ってきたとき、それからバブル」

　瑠美はレモンサワーを飲み干し、お代わりを注文してから先を続けた。

「私、その中で一番大きな変化をもたらしたのはバブルだと思うんです」

「へえ」

　康平まで箸を止めた。

「日本の家庭料理の基本はご飯と味噌汁とおかずでした。それは江戸時代から明治も戦後もずっと続いてきました。その形式が壊れたのがバブルだと思うんです。パスタで夕ご飯が普通になったのって、多分平成に入ってからですよ」

「もう、その通りです」

　一子はコロッケを油鍋から引き上げて、声を強くした。

「ご飯と味噌汁とおかず。この形式を引き継いでいれば、洋食だって日本食なんですよ。でも、この最後の砦が崩れたら、正直、日本から家庭料理が消えてしまうんじゃないかって、心配です」

「やっぱり、一子さんは分ってらっしゃるわ」

瑠美は感心したように頷いた。

「私はパスタもパエリアも大好きです。家庭で作って楽しむのも大賛成です。でも、夕飯が毎日パスタやパエリアやビビンバというのは、やっぱり反対です。あくまで基本はご飯と味噌汁とおかずだと思うんです。それが無くなったら、日本料理も滅びると思います」

オリーブ油で炒めたニンニクの香りがカウンターから漂ってきた。無条件で食欲中枢を刺激する香りだ。

万里は釜揚げシラスとアスパラのパスタを盛った皿を、カウンター越しに差し出した。受け取った康平と目が合うと、二人とも何故か後ろめたそうに目を伏せた。

「あら、これがシメのパスタ？　美味しそう！」

瑠美がパスタを見て、鼻をヒクヒクさせた。万里と康平はおそるおそるといった感じで瑠美に視線を向けた。

「先生、なんか、ご意見違ってませんか？」

「全然。女子はみんなパスタ好きですもん」

「先生はね、ハレの日は何でもありで良いけど、ケの日はご飯と味噌汁とおかずを大事にしましょうって仰(おっしゃ)ってるのよ」

一子はコロッケの皿を瑠美の前に置いてニッコリ笑った。

「そうそう。ああ、このコロッケの美味しいこと……」

瑠美はコロッケを口に運んでうっとりと目を閉じた。

「だから私、万里君のお友達のメイさんには、是非頑張って欲しいと思ってるの。将来、お味噌汁の店を開くんでしょ？」

「はい、多分」

瑠美はコロッケの一切れにたっぷりとトマトソースを絡めた。

「そしたら、美味しいご飯と漬け物も出して、ご飯・味噌汁・お新香の三点セットの素晴らしさを、大いに世の中に広めて欲しいわ。このままじゃじきに、ご飯と言えばお皿に載せた料理をスプーンで食べるような時代になっちゃうもの」

瑠美はコロッケを載せたスプーンを口へ運び、ぱくんと頬張った。


「お花見？」

翌日、やって来たメイとモニカとジョリーンの三人は声を揃えた。ランチタイム終盤、三原と梓が帰った後のことだ。

「三原さんて、あのロマンスグレイの紳士でしょ？」

「うん。近所のタワーマンションに住んでるんだって。敷地内に桜がいっぱい植わってて、花見のメッカらしいよ」

万里がテーブルに料理を並べながら言った。この時間になると新しいお客はまず来ないので、暖簾をしまって賄いタイムになる。料理も、余ったものは気前よくおまけで出してしまう。

ちなみに今日の日替わり定食は春巻きとサーモンフライ。焼き魚はホッケ、煮魚は浅羽ガレイ。小鉢はマカロニサラダと梅しそ大根。味噌汁の具は新じゃがとタマネギ。勿論、全て手作りだ。

「他にはどなたがいらっしゃるの？」

ご飯を運びながらモニカが尋ねた。料理のおまけのお礼に、彼女たちは配膳を手伝うようになった。

「ランチの野田さんと、夜の山手さん、後藤さん、康平さん」

「あら、ご存じよりのメンバーばっかり」

「そんなら、お言葉に甘えようかしら」

甲斐甲斐しく二三や一子にもほうじ茶を注いで回りながら、メイとジョリーンも口々に言う。

「おいでよ。三原さんが花見弁当出してくれるから、うちはデザートでも持ってこうかって話してんだ」

「私たちは何を持ってけば良い？」

「手ぶらで良いんじゃない。お酒は康平さんが持ってくるし」

「でも、それじゃ悪いわ」

「気にしない、気にしない。きれいどころが花を添えるんだから、身一つで充分よ」

二三は左手でOKを出し、右手でサーモンフライに自家製タルタルソースを掛けた。

「もう、おばちゃんたら、お上手！」

メイたち三人は嬉しそうに笑い声を立てた。

「あたしたちも長いことお花見なんかしてないから、楽しみにしてるのよ。ねえ、お姑さん」

「そうそう。ニュースなんか見ると、何処もビニールシートでぎっしり埋まってるでしょ。おまけに桜そっちのけで飲めや歌え、カラオケまでやってるし。あれ見ると、めげちゃってねえ」

一子が苦笑を漏らすと、メイたちは大きく頷いた。

「そうよね。私たちもあれはいやだわ」

「毎日お店で騒いでるから、プライベートでは心静かに桜の花を眺めたいのよね」

「物静かなジョリーンって、私は想像つかないけど」

「もう、いじわる〜！」

食堂に笑い声が上がった。

二三はメイたちが花見の招待を喜んでくれて、素直に嬉しかった。


日曜日はよく晴れて暖かく、まさにお花見日和となった。

事前に康平と打ち合わせて、飲み物を康平が持ち込む代わりに、はじめ食堂はグラスと取り皿などの食器類を用意することになっていた。

「こんにちは。今日はどうぞよろしくね」

梓は先にはじめ食堂に来て、二三たちと合流した。

「あらあ、野田ちゃん、ステキじゃない」

「馬子にも衣装、腐ってもサンローランってね」

眼鏡は掛けているものの、きれいに化粧して上品なスーツを着こなしているので、中年女教師のような普段の姿とは別人に見える。

「ふみちゃんもかっこいいわよ。昔取った杵柄だわね」

二三はかつて大東デパートのやり手服飾バイヤーだった。白衣と三角巾を脱いで、春らしいパステルカラーのシャツとパンツに身を包むと、キャリアウーマン時代の面影をわずかに彷彿とさせる。

一子はふんわりしたニットのチュニックに細身のパンツを合わせているが、何を着ても美しい。〝佃島の岸惠子〟と謳われた美貌は健在である。

二三たちは約束の時間の五分前に高級マンションの中庭に到着した。敷地内に点在する桜の木はどれも満開で、今を盛りと咲き誇っていた。空の青と雲の白を背景にすると、淡いピンク色がいっそう際立って見える。

「やあ、いらっしゃい」

三原は先に来て準備を整えていた。お花見と言えば地面にビニールシートを敷くものと思っていたら、折りたたみ式のテーブルと椅子が用意されている。マンションの集会室から借りたのだという。一子を始めとする年配者への配慮だろう。しかも三原はテーブルの上に真っ白いクロスをかけた。

「なんか、お花見って言うよりガーデンパーティーみたい!」

要がはしゃいだ声を出した。

「こんにちは〜!」

声のする方を見ると、台車にクーラーボックスを二段積みにして康平がやって来る。その周囲にはメイ、モニカ、ジョリーンもいて、クーラーボックスの揺れが大きくならないように押さえていた。

「途中でばったり会っちゃってさ」

「康平さん、大荷物でビックリ。申し訳ないわ」

「なんの、なんの。メイちゃんのためにモエ・エ・シャンドン持ってきたから」

「あらあ、あたしたちはお邪魔虫？」

ジョリーンが拗ねたように口をとがらせ、睨む真似をした。三人ともはじめ食堂へ来るときはすっぴんだが、今日はきれいに化粧して着飾っている。桜の花に誘われて飛んできた蝶のようだ。

「すみません、私たちまでお言葉に甘えちゃって」

代表してメイが挨拶すると、三原は笑顔で首を振った。

「とんでもない、嬉しいですよ。若い人が多いと場が華やぎます」

クーラーボックスからビールを取り出していた康平が、伸び上がって手を振った。

「おじさん、こっち、こっち！」

後藤と山手の二人組が弥次喜多よろしく現れた。二人ともジャケットを着込んでちょっぴりおめかししている。

「今日はずいぶんパリッとしてるじゃない」

康平が冷やかすと、山手は胸を張った。

「見くびるなよ。伊達に社交ダンスを何年もやってねえや」

一方、後藤は物珍しげに周囲を見回した。

「いやあ、あんまりこっちの方には来ないんだが、それにしても変ったなあ」

溜息交じりに感慨を漏らした。

無理もない。かつて石川島播磨重工業があった佃島の東端は、往時とはまったく様変わりしてしまった。広大な敷地跡は大川端リバーシティ21として再開発され、八棟のタワーマンションが建ち、隅田川と豊洲運河に沿って中央区立石川島公園が設けられた。超高層マンションのデザインは全体として統一されて隅田川の景観と溶け合い、永代橋からの眺めは新東京名所の呼び声も高い。

「佃大橋が出来て渡しがなくなったときも、ずいぶん変ったと思ったけど、まさかこれほど変るなんてねえ」

一子も共感して呟いた。

佃島への往来は長年渡し船だけが頼りで、一子が嫁に来た頃も、動力船が客船を引っ張って、朝夕は十五分間隔で島と築地明石町を往復していた。船賃は無料だったので、子供たちも渡しに乗っては築地や銀座まで遊びに出掛けたものだ。

しかし渡し船では増加する交通量に対応できず、昭和三十九年八月、東京オリンピック開催の直前に佃大橋が完成して、渡し船は隅田川から消えた。

一子は孝蔵と結婚した次の年、船に乗って築地明石町に渡り、千鳥ヶ淵へお花見に行ったことを思いだした。二人並んで満開の桜を眺め、お堀端を歩きながら「この幸せがずっと続きますように」と願ったことを。

「当時の佃は、ずいぶんと風情のある町だったんでしょうね」

三原は労るような眼差しで一子を見た。

「ええ。便利さで言ったら今とは比べものになりませんけど、やっぱりあの頃は活気がありましたねえ」

思い出すと、懐かしさで胸がいっぱいになる。若かった自分と孝蔵、その当時付き合いのあった人々、経験した出来事……その全てが心に刻まれて、甘く哀しい想いを呼び起こす。二度と帰ってこない時間だからこそ、こんなにも愛おしいのだ。

「お母さん、すごいね。こんなお弁当、何処で売ってるのかしら？」

要は二三を手伝って小皿と割箸を並べながら、そっと耳打ちした。

弁当は三段重ねの重箱で、三組あった。一の重には卵焼き、カマボコ、ローストビーフ、一口サイズのヒレカツ、彩りも美しい季節の野菜の煮染め。二の重には蒸しカレイ、桜鯛の焼き物、小エビとアボカドのカクテル、スモークサーモン。三の重は手まり寿司と各種おにぎり。それぞれ四人分で、その他にサンドイッチを盛った大皿もある。

「これ、普通のお弁当屋さんじゃなく、料理屋さんに頼んで特別に作らせたんじゃないかしら」

「すご〜い！」

要は歓声を上げて万里を突っついた。

「ねえ、何だか料亭がそっくり移動してきたみたいだね」

「きっと、昔のお大名とか、花見でこういうの喰ってたんだよ」

「その上を行くわよ。昔はローストビーフなんかないもん」

一同が席に着くと、康平はシャンパンを二本開けた。各人のグラスに黄金色の液体が注がれ、シュワシュワと泡を立てた。三原が立ち上がってグラスを掲げた。

「本日はようこそおいで下さいました。お天気が良くて何よりです。絶好の花見日和に、乾杯！」

三原の気取りのない進行で、客たちは遠慮なく料理に箸を伸ばし、グラスを傾けた。

モエ・エ・シャンドンは乾杯用の二本だけだが、康平は他にビール、スパークリングワイン、日本酒、ウーロン茶を持ってきた。

「まるで桜の花の天幕だなあ」

クーラーボックスの中身が一箱空になる頃、山手が上を見上げて感嘆の声を漏らした。

テーブルの上方は桜の枝が何本も伸びて、花で覆われている。まさに桜の天幕を張ったようだ。

二三は不意に、小学生の頃、両親と谷中（やなか）へ花見に行ったことを思い出した。道の両側に桜並木が続いて、まるで花のトンネルのようだった。両親と手をつないで桜のトンネルの下を歩いた時間が、まるで遠い日の夢のようだ。

そして高が元気だった頃、一子と要と四人揃って出掛けた横浜の根岸競馬記念公苑。桜を見物した後、中華街でご飯を食べた。この幸せが長く続くと信じて疑わなかった、かけがえのない時間。

桜を眺めると、誰でも昔の幸せを思い出すのだろうか？

二三は桜を見上げて小さく溜息を吐き、続いてスモークサーモンに箸を伸ばした。

「三原さんは現役時代、お花見は良く行かれたんですか？」

「いや、ほとんどありませんね。帝都ホテルは桜の季節になると、正面ロビーに満開の桜の木を植えるので、毎日花は目の前にありましたが、じっくり眺めたことはありませんでした」

三原は桜の花に目を遣って、懐かしげな口ぶりで答えた。

「昔の吉原も、満開の桜の木を運んできて植えたそうですね。盛りの間だけ楽しんで、散る前にまた運び出してしまったとか」

桜鯛を箸でほぐしていた梓が言った。本好きだけに、故事来歴にも詳しい。

「こんな立派な花見に招待していただいたんだ。今度は俺たちが三原さんを招待しないとな」

日本酒のグラス片手に、頬を染めた山手が後藤に言った。康平があわててそっぽを向いたので、二三と一子は笑いをかみ殺した。

「ダンスパーティーですか？　会場はどちらです？」

「え～と、幕張のマンハッタンホテルとか」

「ああ、ホテルザ・マンハッタンですね。四つ星の、立派なホテルですよ。良い会場を押さえましたね」

「仏滅だから」

康平が小さく呟き、万里と要はプッと吹き出した。

「何しろ後藤は今回がデビューなんで、張り切って燕尾服作ったんですよ」

「まあ」

女性陣は一斉に後藤に注目した。

「いや、私は別に貸衣装で良かったんですが、山手がどうしてもって言うんで」

「これからもパーティーに出るなら、思い切って作った方が得なんだって。それに、ダンス用の燕尾服は普通と違うんだよ」

「えっ？　そうなんですか」

二三は服飾の仕事に携わっていたが、それは初耳だった。後藤がさっと椅子から立ち上がり、左手を挙げてホールドのポーズを取った。

「男は基本、この姿勢なんで、この格好で採寸して仕立てるんですよ。だから片手を挙げても着崩れしないんです」

二三は感心して隣の一子を振り向いた。

「知らないところで、専門の分野ってあるのねえ」

「ふみちゃん、せっかくの後藤さんの晴れ舞台だし、あたしたちも応援に行こうか？」

「そうね。山手のおじさんの生ダンスも初めてだし」

山手はパーティーで踊る雄姿をＤＶＤに焼いてはじめ食堂と常連に配っていたから、身をくねらせる姿がいやでも目に浮かぶが、どちらかと言えば頑固で不器用な後藤の踊る姿は、まったく想像が付かない。

ちなみに社交ダンスにはモダン種目（ワルツ・タンゴ・スローフォックストロットなど）とラテン種目（ルンバ・チャチャチャ・パソドブレなど）があって、女性がお姫様のようなドレスを着るのがモダン、露出度の高い衣装を着るのがラテンである。そして後藤はモダン、山手はラテンを専門に踊っていた。

「こうなりゃ景気付けに予行演習だ！　後藤、続け！」

山手はテーブルを離れると、ステップを踏んで踊り始めた。すかさずモニカとジョリーンが飛び出して、山手を真ん中に、盛り立てるように踊り始めた。

テーブルに残った人たちはやんやの喝采(かっさい)を送ったが、万里は気になってメイの様子を窺(うかが)

った。山手と後藤が通うダンス教室の主宰者はメイの祖父の中条で、性同一性障害を自覚したメイが家を飛び出してニューハーフになったことを嘆き、ほとんど絶縁しているのだ。

しかし、メイはにこやかに笑みを湛え、席を立って後藤に近づくと、手を差し出して「Ｓｈａｌｌ ｗｅ ｄａｎｃｅ？」と申し出た。後藤もメイの微笑みに誘われて、照れながらも立ち上がった。二人は広場の中央に進んで、優雅に踊り始めた。

途中でマンションの住民らしき人が、何人か広場を通りかかった。ときならぬ光景に足を止めたが、プロのダンサーの主導するユーモラスな、あるいは優雅な踊りに、誰もが楽しそうに見入っていた。

音楽は無しだったが、それぞれおよそ一曲分を踊り終え、五人はテーブルに戻ってきた。二三たちも見物の人たちも、精一杯の拍手で迎えた。

「いやあ、つい飲み過ぎて、お見苦しい真似を」

山手もさすがに照れて、見物人にペコリと頭を下げた。

「いや、いや、とんでもない。これぞまさに花見の王道です」

三原はグラスを掲げて一同を見回した。

「みなさん、よろしかったらドリンクを一杯お付き合い下さい」

「どうぞ、ご遠慮なさらずに」

二三と梓は見物していた人にグラスを勧めた。遠慮して立ち去る人もいたが、何人かはビールやスパークリングワインで乾杯し、礼を言って笑顔で去って行った。

「ここは普段は住民同士の交流はほとんどないんですよ。それが、みなさんが一緒だと、たちまち人の輪が出来ますね」

　三原が感心したように言った。

「お喧(やかま)しくて、ご迷惑にならないと良いんですけど」

「大丈夫ですよ、カラオケ流したわけじゃなし。それに……」

　三原はダンスを踊った山手たちに微笑みかけた。

「江戸時代の花見は、上野は規制が厳しかったようですが、他は飲めや歌えで賑やかだったそうです。三味線や鳴り物入りで、芸人を呼んだり」

「へえ。じゃあ、おじさんとメイちゃんたちは、伝統に則(のっと)ってたんだ」

　康平が意外そうな顔をした。

「それに、ファッションショーの側面もあったようです。女性たちは花見の場所に着くと、自慢の衣装を脱いで、木の間に紐(ひも)で吊(つる)して幔幕(まんまく)のように張り巡らしたんですね。それに釣られて男どもがフラフラ覗(のぞ)きに来たり……」

「お花見って、出会いスポットだったのかしら？」

　要が誰にともなく問いかけると、梓が答えた。

「お花見だけじゃないわよ。歌舞伎(かぶき)見物とか歌留多(かるた)取りとか寺参りとか、全部出会いスポットも兼ねてたみたい。昔の人も色々考えてたのよ」

「なるほど」

「お前、頑張って百人一首覚えろよ。ステキな出会いが待ってるぞ」

「万里に言われたくないよ」

二三は腕時計に目を落とした。楽しい時間ほど早く過ぎる。花見が始まってから三時間近くが経過していた。

「みなさん、そろそろ……」

二三が声をかけると、一同すぐに片付けモードに切り替えた。康平は空き瓶をクーラーボックスにしまい、他の者は食べ残しをビニール袋に捨てて食器を集めた。

「後の片付けはうちがやるから、みなさんはお帰り下さい」

「あら、それじゃ悪いわ」

「あなた方はこれから仕事ですもの。遠慮しないで」

メイたち三人は一子の勧めに従い、口々に三原に礼を述べた。

「僕もあなた方に来てもらえて、本当に楽しかった。ありがとう。仕事、頑張って下さい」

一子は山手と後藤に笑顔で言った。

「お二人とも、お疲れ様でした。後は大丈夫だから、一足先に……」

「そうか。悪いな、いっちゃん」

山手は後藤を振り返った。

「お先に失礼しよう。どうせ俺たちがいてもあんまり役に立たないしな」

「そうだな。三原さん、今日はありがとうございました。一子さん、みなさん、お言葉に甘えます。後はよろしくお願いします」

夜のご常連さんも帰り、残ったはじめ食堂の四人と梓は三原を手伝い、折りたたみ椅子とテーブルを台車に乗せて、集会室へ運んだ。

片付けが終ると、三原が言った。

「みなさん、良かったら部屋でお茶でも如何です？」

「それは、ありがとうございます」

二三は控えめに答えたが、内心は好奇心で一杯だった。見れば要も梓も目が輝いている。いよいよ三原の謎に包まれた（？）プライベートライフを覗き見できるのだ。

三原の部屋は隅田川縁に建つ高層マンションの十五階だった。１ＬＤＫだと言うが、リビングだけで三十畳はありそうだ。部屋全体では何平米になるのだろう。

室内はベージュとブラウンを主に、落ち着いた色調でまとめられていた。家具は二人用の小さなキッチンテーブルと椅子、六人用の応接セット、大型液晶テレビと本棚くらいしか置いていないので、広い部屋が一層広く見える。男やもめの一人暮らしだというのに、隅々までキチンと片付いていて、モデルハウスのようだ。多分、定期的にハウスクリーニングを頼んでいるのだろう。

「さあ、どうぞ」

それぞれソファに腰を下ろしたが、みんな無意識のうちにあるものを探していた。それはすぐに見つかった。サイドボードの上にさりげなく置かれた写真立てに、今より少し若い三原と、奥さんらしき女性が並んで写っている。丸顔で目がパッチリと大きく、潑剌(はつらつ)とした雰囲気だった。

「妻のあゆみです。テニス部の後輩で、私は万年補欠でしたが、あゆみはいつもレギュラーでした。健康そのもので、滅多に風邪を引いたこともありませんでした。それで、病気の発見が遅れたんだと思います」

お茶を配りながら、三原は淡々とした口調で言った。奥さんを失って十年以上過ぎ、当初の嘆きと悲しみは寂寥(せきりょう)に変っていったのだろう。

「僕は仕事第一で、家庭をおろそかにしていました。妻が病気になって、あわてて側(そば)に付き添いましたが、後の祭りでした。どうして元気なうちにもっと大切にしなかったのか……まさに、後悔先に立たずですよ」

苦い微笑が口元に浮かんだ。

「亡くなる前に、一度だけ妻と花見に行きました。それだけです。一緒に花見に行くチャンスは何度もあったのに……」

「どちらにいらっしゃいました？」

一子がやんわりと尋ねた。

「千鳥ヶ淵です」

「ああ、あそこは良いですねえ。もう二十年も前ですが、夜桜見物に行ったことがありますよ。お堀の水に桜の花が映って、この世のものとも思えないような、素晴しい眺めでした」

三原も思い出したように目を細めた。

「妻もそう言ってました」

三原はフッと微笑んだ。

「その翌日、妻は弁当を作ったんです。来年は桜の下で弁当を食べようと約束して、家で昼に食べました。約束は守れませんでしたが、あの弁当は良く覚えてます。梅干しとおかかのおにぎり、卵焼き、塩鮭、高野豆腐と干し椎茸の含め煮……。今にして思えば、僕たちの結婚生活のような弁当でしたね。特別豪華でも個性的でもないが、心地良く舌に馴染んだ、飽きのこない味で」

しみじみと、噛みしめるような口調だった。

二三も一子も、三原の気持ちは痛いほど分った。二人とも大切な人との別れを何度も経験していた。二三は母と夫を失い、一子は夫と息子を失った。その悲しみは消えたわけではない。別のものに姿を変えて心に住み着いている……懐かしさと寂しさに。

「私が客室係をしていた頃、作曲家の原島五郎先生がホテルにお泊まりになった折に、当時の上司が『彼は先生の「夜の果て」が愛唱歌なんですよ』と紹介してくれましてね」

三原は急に話題を変えた。赤の他人の前で真情を吐露しすぎたと思ったのかも知れない。

原島五郎は昭和の歌謡曲の大ヒットメーカーだが、「夜の果て」はB面に録音された曲で、一般にはあまり知られていない。

「でも原島先生は『夜の果て』には愛着がおありだったようで、それを切っ掛けに、お泊まりになる際にはお声をかけていただくようになったんです。それから二、三年経った年の暮れに、突然大晦日に宿泊したいとお電話があって……」

年末年始の帝都ホテルはスイートも含めて予約で一杯で、普通なら暮れになってからの予約は受けられない。

「実は奥の手があったんですよ。日本人はダブルベッドを好みませんので、ダブルのスイートは空いてたんです。それで何とかお泊まりいただくことが出来ました」

すると大作曲家は「元旦の朝食を一緒に食べないか」と三原を誘った。

「大変光栄なことで、喜んでご一緒させていただきました。後になって知ったことですが、実は、先生は前の年に奥さんを亡くされていたんです」

それ以来、亡くなるまでの五年間、原島は毎年年末年始は帝都ホテルに宿泊し、元旦の朝食に三原を誘い続けた。

「先生には有名人の友だちも多かったし、息子さん夫婦もいらしたのに、どうして僕みたいな赤の他人の若造を誘って下さるのか、不思議でした。でも、今になって、何となく分るような気がしますよ。あの頃の原島先生は、今の僕くらいの年だったんですね」

要と万里は不思議そうな顔をしているが、二三は分るような気がした。

老作曲家は、一人で元旦を過ごすのが寂しかったのだろう。とは言え、奥さんに共通の想い出を持っている人と一緒にいると、かえって寂しさが募ってしまう。ちょっとした弾みに奥さんの話題が出るかも知れないし、口に出さなくても、その人を通して奥さんの想い出が蘇ってしまうから。だから奥さんと会ったことのない、若くて感じの良い三原青年を、朝食を共にする相手に選んだのではないだろうか。

「今日の花見は、だから、私には本当に楽しいひとときでした。妻を知らない人たちと、花を眺めながら楽しく飲んで、食べて、ちょっぴり羽目を外して」

「来年も、お花見をご一緒しましょう」

一子がやさしく微笑んだ。

「こんなに豪華にして下さる必要はありませんよ。場所さえ提供していただけたら、食べ物はうちで用意します。いつもお店で出しているような、ありきたりの料理ですけど、またみんなで集まれば、きっと楽しいお花見になりますよ」

「ああ、そうですね。楽しみです」

微笑みを返した三原はいつもの三原に戻っていて、孤独と寂しさの影はきれいに消えていた。

「あのう、三原さんも、社交ダンスなさったら如何でしょう？」

梓と要と万里は「おいおい」という顔で二三を見たが、一子はポンと手を打った。

「それは良いわね。社交ダンスと乗馬は、とても健康に良いそうですよ」

「そうそう。乗馬は体幹が鍛えられるし、社交ダンスは後ろ歩きをするんで、普段使ってない筋肉が動いて良いんですって。ボケ防止の効果もあるそうですよ」

「それに、三原さんはテニスをやっていらしたんでしょ？　そういう人は筋が良いって、ダンスの先生が仰ってましたよ」

「まずは手始めに、天皇誕生日に幕張のホテルへ応援に行きませんか？」

「昭和の日だってば」

要が割って入った。

「もう、お母さんもお祖母ちゃんも、勝手に話進めないでよ。三原さんが困ってるじゃない」

三原は苦笑を浮かべていたが、決して不快そうではなかった。

「七十の手習いで、上手く行きますかねえ」

「大丈夫ですよ。山手さんだって後藤さんだって、七十過ぎてるんですから」

「生徒はみんな婆ちゃんだって、康平さんが……」

要が足を蹴飛ばして万里を止めた。

「ま、急いでお決めになることはありませんよ。心の隅に留めて、ゆっくり考えて下さい」

一子の言葉に、三原は小さく頷いた。

「三原さんに社交ダンスなんか勧めるの、失礼じゃない？」

マンションを出てから、要が二三に言った。

「何と言っても、帝都ホテルの元社長なんだし」

「そうかなあ。お母さんはすごく良いアイデアだと思ったけど」

「あたしも最初はビックリしたけど、今はふみちゃんに賛成」

梓が出てきたマンションを振り返った。

「立派な経歴ですごいマンションに住んでるけど、ひとりぼっちの高齢者には変りない。寂しいと思うよ。いつも人と群れてる必要はないけど、他人と一緒にいる時間を持つのは大事だと思う」

「『独りは良からず』って言葉があるんだよ。独りよがりになったり、傍若無人になったり、人に対する気遣いや礼儀作法がおろそかになったりするってね。三原さんは特別顧問の仕事もあるし、毎日うちでお昼を召し上がってるから、完全に独りって訳じゃないけど、それでも寂しさが身に沁みるときもあると思うよ。夜寝る前とか、朝目が覚めたときとか、今みたいに桜がきれいな時期とかね」

「でもお祖母ちゃん、社交ダンスで寂しさが解消すると思う？」

「それは無理だよ。多少の気晴らしになるだろうって話。でも、それだって良いことだと思うよ」

「別に社交ダンスに限らないけど、音楽に乗って身体動かすって、精神衛生上もすごく良いと思うんだ。三原さんは健康だし、感じが良いし、きっとみんなに好かれるよ」

二三も言葉を添えた。

「やるとしたら、三原さんはやっぱりモダンだよね。おじさんのクネクネは、俺、どうしてもダメ」

万里は山手を真似て腰を動かそうとしたが、上手く行かなかった。

「ねえ、お祖母ちゃん、三原さんが言ってた奥さんのお弁当、うちで作って差し入れてあげたら？」

一子はきっぱりと首を振った。

「それはダメだね。奥さんのお弁当は三原さんの心の中にあるんだもの。誰が作ったって、同じものは出来ないさ」

「……そっか。むずかしいね」

要は溜息を吐いた。

「でも、お母さんは想い出の料理があるって、ステキなことだと思うよ」

一子も頷いた。

「そうだね。空腹は最高のソースって言うけど、想い出も同じくらい最高のソースだから」

二三は陰り始めた空を見上げた。

三原は今頃、桜の木の下で奥さんと二人であのお弁当を食べているシーンを、思い描いているのかも知れない。

「想い出が沢山あるって、良いね」

一子も、要も、万里も、梓も、何も言わなかったが思いは同じだった。

第五話

サスペンスなあんみつ

「では、次は第二組です。曲目はワルツ。お名前を呼ばれた方はご準備下さい」

司会者の声がマイクから流れると、あちこちのテーブルから男女が立ち上がった。

「お姑さん、いよいよ後藤さん、出番よ」

二三が声をかけると、一子もプログラムから目を上げた。

ここは幕張にあるホテルザ・マンハッタン二階の中宴会場、ルーナ。広さは二百十平米（約六十四坪）、インテリアはウッド調の壁とバランス良く配置されたゴールドのレリーフで、ニューヨークのアッパーイーストのリビングを模しているという。

今ここで行われているのは、中条恒巳が主宰するダンス教室の春の大パーティーだった。はじめ食堂の常連の山手政夫と後藤輝明が出場するというので、一家は要まで連れて、家族総出で応援にやって来た。おまけに、従業員の赤目万里と、同じくご常連の三原茂之も無理矢理のように引っ張り出され、顔を揃えている。

ダンス教室のパーティーが普通のパーティーと違うのは、あくまで踊る人主体という点だろう。テーブルと椅子は会場の後ろ半分に置かれ、前半分はぽっかりスペースが開いている。何故なら、そこは大事なステージだから。

飲食はダンスタイムの前に別室でビュフェスタイルの食事をセルフサービスで〝ささっ〟と済ませ、ダンスが始まったら会場の隅に設置された飲み物コーナーのソフトドリンクだけになる。

そして、会場となる部屋の外には「衣装屋さん」が出張して、ハンガーラックにダンス用のドレスをどっさり吊して待機している。これは誰かの衣装を見て「私もああいうのが欲しいわ」と思った人が衝動買いするのを見込んでいるのだ。

ダンスタイムは、まず燕尾服に身を固めた中条が教師らしい女性と見事なワルツを踊るエキシビションから始まり、プログラムは二十番ほど続く。曲毎に数組の生徒がステージに進んで踊りを披露するのだが、出番は一人一回とは限らない。一人で五、六回踊る人もいる。何回踊るかは本人の練習と懐具合で決まるらしい。

「お祖父ちゃん、大丈夫かなあ？」

心配そうな声を出したのは、同じテーブルに座る後藤の孫、大月花音だった。結婚して大阪で暮らす後藤の娘渚が、ダンスパーティーにデビューする父の応援に、子供と一緒に上京してきたのである。

「大丈夫。お祖父ちゃんは筋が良いって、先生が褒めてたから」

二三は花音に囁いた。背が高いので中学生かと思ったら、まだ小学校六年だという。若い世代の足の長さと顔の小ささ、そしてキラキラネームの違和感は、二三にはまるで宇宙人のように感じられるのだが、最近は特にその傾向が強くなったようだ。

音楽が始まり、七組ほどの男女が一斉にステップを踏み始めた。新調した燕尾服を着込んだ後藤も流れの中にいる。他の男性はベストにネクタイという服装なのでやけに目立っているが、なかなか堂に入った踊り方だった。パートナーは教室の女性教師だと聞いている。

「まあ、みんな先生と踊る分には何とかなるんだが、生徒同士で踊ると途端にぐちゃぐちゃでさ。ヘタすりゃ喧嘩だよ。お前のせいだって……」

ゴールデンウィークが始まる前の夜、いつものようにはじめ食堂にやって来て、笑いながら解説してくれたのは山手だった。

「ダンスだけじゃねえよ。素人が笛と鼓と太鼓で合わせようってときに、ヘタばっか集まったら目も当てらんねえって。一人はみんなを引っ張れるような上手い奴がいないとな。洋楽は知らねえが、多分おんなじさ。四重奏でみんなヘタだったら曲になんねえだろう」

山手は趣味が広いので、邦楽を嚙ったこともあるのだろう。

ああ、ダンスも音楽もそうなのね。デキない人同士が組むと、ろくなことにならないんだわ。

二三は、フロアを縦横に動く後藤を目で追った。

「後藤さん、結構サマになってるじゃない？」

「頭がグラグラしないもんね」

要と万里が小声で囁き交わした。

「いやあ、立派なもんですよ。ちゃんとワルツに見えますからね」

ステージに注目していた三原も、感嘆の声を漏らした。

曲が終り、会場から拍手が湧き起こった。

各テーブルから花束を手にした人が立ち上がり、踊り終った演者に駆け寄った。二三たちのテーブルからは花音が出て、後藤に大きな花束を渡した。

後藤は花音の頭をなで、嬉しそうに微笑んだ。他の演者たちもみなとても幸せそうだ。そして、ちょっぴり誇らかだった。

「第二組のみなさん、お疲れ様でした。次は第三組のみなさんです。曲目はパソドブレ。お名前を呼ばれた方、ご準備下さい」

後藤が席に戻るのと入れ替わりに、山手が立ち上がった。これもベスト姿が大半を占める男性陣の中で、フリルのたっぷり付いたシャツを着て異彩を放っている。

音楽が始まり、みな軽快にステップを踏んだ。山手のパートナーは七十代に見える女性だが、スパンコールのピカピカ光る衣装を身につけ、髪には羽根を飾り、ここ一番のおしやれを満喫しているようだ。脚もよく上がるし、身体の切れも良い。

「おじさん、まるで別人ね」

渚が半ば呆れ、半ば感心したように呟いた。

後藤はハンカチで額の汗を拭い、渚の差し出したミネラルウォーターのボトルを受け取った。

「良く動けるよなあ。あれは習って出来るもんじゃない。持って生まれたセンスだな」

フロアで身をくねらせる山手を、後藤は尊敬の眼差しで見ている。

「言われてみれば、そうかも」

万里も減らず口を封印してフロアを眺めた。

曲が終り、拍手の中、花束贈呈が繰り返された。今度は要が花束を渡す役だ。

「お疲れ様でした」

「おじさん、格好良かった」

「お見事でした」

席に戻った山手を拍手で迎えながら、みな口々にねぎらい、褒めた。

「いや～、何のこれしき」

山手は額に汗を滲ませながらも、得意そうに胸を張り、満面の笑みを浮かべた。今日ははじめ食堂のメンバーと三原まで応援に来てくれたので、いつも以上に気合いが入っている。

　すぐに新しい曲が流れ、次の組のダンスが始まった。

　二三はこのダンスパーティーの雰囲気がすっかり気に入った。ダンス教室に通う素人の集まりだから、ダンスのレベルだけ見れば競技会とは比べものにならないだろうが、この和気藹々(わきあいあい)とした雰囲気に心が和む。家族や友人を招き、精一杯着飾って晴れ姿を披露する踊り手たちの、喜びに満ちたひとときだ。

　何曲も踊る女性は、途中で衣装を替えていた。中には、曲毎に衣装チェンジする人もいる。稚気に類する行為だろうが、決まり切った日常にこんなことで華やかな色合いが加わるなら、大いに結構。素晴しいじゃないかと思うのだ。

　プログラムが半分まで進むと中休みとなった。

　出演者たちは応援に駆付けてくれた家族や友人と談笑し、写真撮影にも余念がない。増えた花束を楽屋にしている隣室へ運んだり、飲み物コーナーのソフトドリンクで喉(のど)を潤したりもする。

　万里は楽屋に貼(は)られた「関係者以外立ち入り禁止」の貼紙(はりがみ)を見てクスリと笑った。

「意味ねーじゃん。ここにいるの、関係者ばっかだし」

　確かに、ダンスに限らずお稽古(けいこ)事の発表会というのは、関係ない人は足を踏み入れない。客はみんな家族か友人だ。

「素人の踊りと言ってしまえばそれまでだけど、みなさんが嬉々として踊ってるのを見るのは、なかなか良いもんだわ」

「オリンピックと我が子の運動会が比べられないみたいなもんね」

一子と二三はそう言って頷き合った。

中休みが終り、ダンスタイムが再開した。

プログラムは順調に進行して、最後は中条と女性教師によるタンゴのエキシビションで幕を下ろした。

会場は盛大な拍手に包まれた。出演者たちの笑顔が弾ける。

二三たちも山手と後藤にねぎらいと感謝の言葉をかけた。二人とも晴れやかな笑顔で応えた。

「本日は楽しい会に招待して下さって、ありがとうございました」

「三原さんも一つ、どうですか？」

山手は酒でも勧めるような言い方で勧誘した。

「見学だけでも構いません。一度、教室を覗きに来て下さい」

「はい。前向きに検討させていただきます」

三原は慇懃な態度を崩さないが、どうやらいくらか興味を引かれているらしい。

「そうだ、いっちゃんとこ、休みはどうなってんの？」

「うちは暦通りよ。明日は休むけど一日と二日は開けるわ。来週は月曜から通常通り」

「そうか。とにかく今日は、みなさん、ありがとう」

　会場を後にすると、はじめ食堂の一行と三原はホテルの一階にあるレストランに入った。後藤は久しぶりに娘と孫と水入らずで過ごすので、そこで別れた。山手は古参の生徒たちと、教室主催の打上げに参加する予定だ。

〝ザ・テラス〟は気楽に入れるカジュアルなレストランで、前菜とデザートのビュフェにお好みのパスタ、又は肉・魚料理を組み合わせたコースがお勧めだった。

　一行はパスタを選んだ。もちろん、注文してから茹(ゆ)でてくれる。前菜は冷たい料理と温かい料理が各十種類ほど揃っていて、それだけでも結構食べ応えがある。

「オードブルとデザートのビュフェって、良いわね。もうこの年になるとガッツリ全品食べ放題って、無理だもん」

　二三は冷たい料理から順番に皿に取り始めたが、要は温かい料理に走って、豚バラのローストト、ローストチキン、キッシュ、ペンネグラタンを次々に皿に盛ってゆく。

「最近、オードブルのビュフェスタイルって流行(はや)ってるみたい。丸の内のホテルメトロポリタンもやってるし。ランチタイムは女性で満員よ」

「分るわ。オードブルって軽い料理が多いから、お腹(なか)いっぱい食べても胃にもたれないし」

二三と一子と三原が一皿食べる間に、万里と要は二皿平らげている。

「万里、次はカレー行こうか？」

「俺、ジャガイモのブランダードと仔羊の煮込みリピートする」

二人とも三皿目を取りに立ち上がった。パスタは三百円増しの〝濃厚な渡り蟹のクリームソース〟を頼んでいるというのに。

「食欲旺盛で、羨ましい」

「ホントに」

「でも、今の若い人は、昔に比べると食べなくなったような気がするわ」

一子が思い出す顔になった。

「昔はお昼に丼でご飯をお代わりするお客さんが何人もいたけど、この頃はお代わりする人自体が減ったし」

「そう言われてみれば……。まあ、私は五十の大台に乗るまで食べ盛りみたいなもんだったけど」

「豊かになって、食べ物が溢れてるからでしょうか。……それと、コンビニの発達じゃないですかね」

「ああ、それはありますね。いつでも何処でも食べ物や飲み物が手に入るから、三度の食事のありがたみが減ったんだわ」

二十四時間営業のコンビニエンスストアが近所にあるのは、便利には違いない。だが、つい数十年前までそんな店はなかった。もし今コンビニがなくなったら、都会の人間は大いに生活に支障を来すだろう。わずかの間に便利さに馴らされてしまったことが、時々空恐ろしく思われるのは、取り越し苦労なのだろうか？

「はじめ食堂のみなさんは、ゴールデンウィークはどう過ごされますか？」

「私、仕事なんです」

三原の問いに、要はいささか得意そうに答えた。

「担当している作家の方が三、四、五と九州の三都市で講演なさるので、そのサポートをします」

「サポートって、お前、なにすんの？」

万里は明らかに「信じられない」と言いたげだ。

「飛行機のチケットとホテルの手配、懇親会やお食事のセッティング、移動のご案内、その合間に荷物持ってご機嫌を取る」

「ふーん。編集者と言うより添乗員だな」

「歌って踊って旅行の添乗も出来るのが編集者ってもんよ」

要はエヘンと胸を張った。

「そういう万里君は、どういう予定ですか？」

「俺は、旅に出ます」

「ほう」

「大袈裟ね。どうせ格安ツアー旅行でしょ」

今度は要が茶々を入れたが、万里は構わず説明を続けた。

「大学時代の友達が、鉄道マニアなんです。北海道には廃線になった路線が何本もあって、あと何年かしたら跡形もなくなってしまうから、今のうちに見て回るって言うんです。面白そうだからもう一人の友達も誘って、三人でレンタカーで北海道を回ってきます」

「なかなか個性的で良い旅ですね」

「ただ、三、四、五じゃ回りきれないんで、おばちゃんに無理言って、一日と二日も休みもらったんです。明日、出発します」

三原が二三と一子を見遣ると、二人は大きく頷いた。

「たった二日のことですもの、何でもありません。今まで万里君には本当に頑張ってもらいましたからね。たまには息抜きしないと」

「それに、万里君が来る前は、お姑さんと二人でやってたんですから」

「ありあとっす」

万里は二三と一子にさっと手を合わせた。

「そして、二三さんと一子さんは？」

「あたしたちは……」

二人の顔に、図らずも同時に笑みが浮かんだ。

「食べ歩きに行くんです」

「普段料理を作っているので、ゴールデンウィークはお休みすることに決めたんです。一切料理しないで、外食専門で行こうって」

「それは良い考えだ」

二三と一子のゴールデンウィークの食べ歩きは、三年前に始まった。訪れるのはテレビや雑誌で見た店、口コミで評判の店など。新しい味に出会える楽しみの他に、料理の勉強にもなる。よその店で出会って、はじめ食堂の定番になった料理も少なくない。

「だから今年の食べ歩きも期待大なんです」

二三と一子が目を見交わしてニンマリしたので、三原もつられて微笑んだ。美味しい物というのは、どうしてこんなに人を幸せにするのだろう。


翌三十日の月曜日、二三と一子は目一杯おしゃれして、銀座の老舗レストラン〝エスポール〟にやって来た。

今年の二三と一子の食べ歩きのテーマは〝想い出の味〟だった。昔懐かしい店を再訪し、想い出の味を確かめる。それは美味しい物を食べる喜びにロマンスの香りが加わって、普通の食べ歩きがワンランク高尚になるような気がした。

エスポールは一子と亡夫孝蔵が、初デートをした店である。当時帝都ホテルの厨房に勤めていた孝蔵は、一流の味を勉強するために後輩の涌井直行と共に給料を貯め、ふた月に一度、分不相応な高級店で食事をすることにしていた。その勉強会に招待してくれたのだった。

「……ああ、変ってないわねえ。あの頃と同じだわ」

黒い服の係に案内されて席に着いた一子は、店内を見回して弾んだ声を出した。

「昭和十年竣工ですって。モダニズム建築の帝冠様式って言うみたいよ」

二三はネットで調べた情報を披露した。帝冠様式とは洋風の建築の上に日本風の屋根を載せた折衷様式で、髙島屋日本橋店や九段会館、東京国立博物館などが帝冠様式の建築になる。

「初めてこの店に入ったときは、とにかく豪華で、外国のお城みたいな感じがしたものよ。シャンデリアがキラキラで、カーテンが金襴緞子で、絨毯がフカフカで……」

しかし、一子の声のトーンは途中から低調になった。

二三にもその気持ちが良く分った。確かに、重厚な建築で豪華な内装だが、全てが古びて……骨董用語で言えば時代が付いて、古色蒼然としているのだ。

そして、その古びた感じを風流や古雅ではなく、寒々と感じさせているのが、閑散とした店内だった。ゴールデンウィークの真最中だというのに、広い店内は二三たちを含めて三組しか客が入っていない。そのために店全体が体育館のように殺風景に感じられて、寂しいことこの上なかった。

一子は革表紙のメニューを開いて目を凝らした。

「この店で、あたしは生まれて初めてテリーヌを食べたわ」

当時のことを想い出したのか、一子がうっとりと目を細めると、年配の給仕係は神妙な顔で頷いた。

「お姑さん、どうする？　コースにするか、それともアラカルトで頼むか？」

「二人で同じ料理じゃつまらないわ。あれこれ頼んで、味見しましょうよ」

七十年近く前、孝蔵と涌井と三人で来たときも、各自違った料理を頼んで分け合って楽しんだのだった。

「こちらの〝舌平目とサーモンのテリーヌ〟は、創業当時からメニューに載せております」

給仕係が前菜の欄を示して解説してくれた。二三は一子の意見を聞きながら、給仕係と相談して、なるべく戦前から続いている料理を選んで注文した。

「でも、昔も今も、お店の人は親切だわ」

給仕係が去ると、一子はその後ろ姿に呟いた。

やがて前菜が運ばれてきた。二三と一子はグラスワインで乾杯して、ナイフとフォークを手に取った。一子はテリーヌ、二三はエスカルゴの香草焼き。どちらもフランス料理の前菜の定番だ。

エスカルゴは普通に美味しかった。エスカルゴを食べたのはこれまでの人生でほんの数回なので、味そのものの評価は難しいが、香草バターは優れものだった。ニンニクとパセリとバターのコラボレーションは、魚介類なら何でも合いそうだ。六月から出回るムール貝で試してみようと思った。残すのがもったいないので、殻に残った汁をパンに垂らして食べたら、それも美味しかった。考えてみれば超高級ガーリックトーストだから当然だが。

「どう、お姑さん？」

一子はテリーヌを半分ほど食べたところで、記憶の糸をたぐり寄せるかのように目を閉じている。

「美味しいんだけどねえ……」

目を開いた一子は言葉を濁したが、二三は察しが付いていた。「やっぱりあの時の味と違う」のだろう。

二三はエスカルゴの皿とテリーヌの皿を交換した。テリーヌは滑らかな舌触りで、軽い味わいだった。

スープは二人ともビーフコンソメを選んだ。さらりとしているのに深みのある美味しさで、去年涌井が作って持参してくれたコンソメに通じる味だった。かつて孝蔵が作っていたコンソメも、このような味わいだったのかと想像しながら、二三は最後の一滴まで飲み干した。

　メインディッシュは、一子は舌平目のムニエル、二三は鴨モモ肉のコンフィを注文した。言うまでもないが、ムニエルは小麦粉を付けて焼いた料理、コンフィは低温の油でじっくり揚げ焼きした料理で、どちらもフランス料理の古典的調理法だ。

　舌平目と鴨肉も仲良く分け合って食べ、デザートはワゴンサービスを頼み、それぞれ好みのケーキを切り分けてもらった。

　苺のババロワをスプーンですくいながら、二三は言った。

「お姑さん、もしかして昔食べた味より、あっさりしてたんじゃない？」

　一子はマンゴーのソルベを呑み込んで、大きく頷いた。

「そうなのよ。昔は全体にもっとこってりしていたというか、コクがあったような」

「それ、時代の流れよ。いつの間にか伝統的なフランス料理の重いソースは人気がなくなって、胃にもたれない軽いソースが主流になったの。最近はどの店も、バターや生クリームは控え目よ」

「フランス料理にも流行なんて、あるのかしら」

「ある、ある。ポール・ボキューズの〝ヌーベル・キュイジーヌ〟以来、革新が続いてるのよ。ミシュラン三つ星店の盛り付けって、懐石っぽかったりするもん」

「懐石？」

「左右非対称だったり、デカい皿の端っこに盛ったり。空間を活かした盛り付けなんだって」

一子はコーヒーをかき回しながら首を傾げた。

「私がデパートに勤め始めた頃は、すでにライト志向だったわ。きっと今は、ライトになってるんだと思う」

「……うちの人が生きてたら、今頃どんな料理を作ってるだろう？」

「そりゃ、お客さんの喜ぶ料理に決まってるわよ」

一子はクスッと笑みを浮かべた。

「そうだね、きっと」

二三はもう一度店内を見回した。何となく背中が薄ら寒くなった。

この店は、廃れている……。

戦前から続いてきた高級店だが、今は沈み始めたタイタニック号のようだ。かつての得意客は引退・病気・老衰などで減って行き、新しく若い客を獲得する魅力には欠けていた。料理だけは今の流行に合わせて変えたのだろうが、それがかえって逆効果で、昔ながらの味を愛する客の足を遠のかせてしまったらしい。

こんな立派な店でさえ、いつかは廃れて閉店の憂き目に遭う。それはきっと、いつの間にか〝時代〟という大きな流れに飲まれてしまって、気が付いたときにはどうにも出来なくなるということなのだろう。

それなら、はじめ食堂はどうすれば良い？　素人三人で切り回している、何処にでもあるような、名もない小さな店なのだ。

いけない、いけない。せっかくお姑さんの想い出のレストランで食事したっていうのに、こんな暗いこと考えたら悪いわ。

「お勘定をお願いします」

一子が声をかけると、給仕係は丁寧に一礼して、勘定書きをトレイに載せて持ってきた。横からチラリと覗き見て、二三は一瞬血の気が引いた。

税金サービス料込みで四万二千二百円。

大東（だいとう）デパートのバイヤー時代なら、食事代の五万や十万は屁（へ）でもなかった。全て交際費として、会社の経費が使えたからだ。しかし、今は完全に自腹である。今回、一子が奢（おご）ってくれたから良いようなものの、二三が自分で身銭を切るなら、絶対にこの店は選ばない。もっと美味しくてリーズナブルな店は沢山ある。少なくとも同じ金額を使うなら、もっと明るく華やかな店を探すだろう。

皮肉なことにエスポールの高額料金を見た途端、二三の胸には再び希望の光が盛り返した。

「大丈夫。エスポールがタイタニックなら、はじめ食堂はイカ釣り漁船みたいなもんだもん。ヤバいと思ったら、すぐに方向転換できる。本格的な洋食屋から家庭的な食堂兼居酒屋になったみたいに、これからだって前方に岩が見えたら、ぶつからないように素早く舵を切れば良いのよ。

「お姑さん、どうもごちそうさまでした。すごい贅沢させてもらっちゃって、ありがとう」

店を出てから明るい声で礼を言うと、一子は寂しそうに漏らした。「天下のエスポールも、臨終間近みたいだったねえ」

「そうですね」とも言えず、二三は曖昧な笑みを浮かべた。

「季節で言えば、昔のあたしが知ってるエスポールは夏の日盛りだったんだね。今は冬枯れだ。吉田松陰は人の一生には春夏秋冬があるって言ったけど、店も同じね。つくづく感じたわ」

一子は淡々と話し続けた。

「昔のままのエスポールを覚えていて、今の店には行かない方が良かったのかも知れないけど、あたしはやっぱり、来て良かった。何だかさっぱりしたよ。人も店も、昔のままではいられない。時の流れに従って、移り変っていく……それがはっきり分って」

最後はカラリとした口調になって、二三を見た。

「ふみちゃんが案内してくれるお店が楽しみだわ」

五月三日の夕方、二三と一子は銀座七丁目の裏通りにあるビストロ〝ワインテラス〟にやって来た。

デパート勤務だった頃、二三には職場の仲間と仕事帰りに立ち寄る店が何軒かあった。ワインテラスはその中でも一番お気に入りの店で、気取らない雰囲気と安くて美味しい料理とワイン、ユーモア精神たっぷりのイラン人のウエイターのサービスと、何もかも大好きだった。

ビストロとは言え銀座のフレンチでありながら、一人五千円も出せば、たらふく飲んで食べられた。一皿千円をオーバーするのは〝本日のお勧め〟の肉料理と魚料理だけで、他は全て千円以下。二三の大好きな〝キノコのソテー〟は五百円、〝タラ白子の焦がしバター〟は七百円、〝牛頬肉(ほほにく)の赤ワイン煮込み〟は九百八十円だった。値段を安く抑えるためか、砂肝・レバー・豚タン・牛スジなど、内臓肉の料理が何品もあった。

「安いお肉、手間掛かるのよ。高いお肉、焼くだけ。簡単よ」

イラン人のおじさんはメニューを選んでいると、親切に解説してくれたものだ。

今の二三には良く分る。A５ランクの牛肉は焼いて塩を振っただけで美味しいが、頬肉やスジ肉はじっくり煮込んで柔らかくしなくてはならず、味付けにも工夫が要る。

そして、テーブルには赤白チェックのビニールのクロスが掛かっていた。今にして思えば、初めてはじめ食堂に入ったとき妙に親近感を抱いてしまったのも、ワインテラスと同じ柄のビニールクロスが掛かっていたせいかも知れない。

「それに、ワインも安くて美味しいのが揃ってたのよ。私、あの店でスパークリングワインに目覚めたんだわ」

店に向う道すがら、二三はワインテラスの良さを一子に吹聴した。

が、実際に店の前に立つと愕然とした。

ち、違う……。

茶色っぽい煉瓦の建物は、白いキレイなビルに建て変っていた。しかし、看板はちゃんと「ワインテラス」と出ているので、間違いではない。

白いドアを開けると、入り口に立っていた若い女性が「いらっしゃいませ」と出迎え、続いて「ご予約でしょうか?」と尋ねた。

かつてのワインテラスは居酒屋に毛の生えたような店で、予約する人などいなかったので、二三はいささか戸惑った。

「いえ、予約はしておりません」

女性は一度ニッコリ笑顔を見せてから言った。

「どうぞ、お席にご案内いたします」

店内は黒とグレーを基調とした内装で、テーブルは白い金属製、椅子はソファ席も含めて黒でシックに統一されていた。もちろん、もう赤白チェックのビニールクロスなど掛かっていない。

席に着くと、今度は若い男性がメニューを持ってきた。男女とも白いシャツに黒いズボン、そして黒のソムリエエプロンを着けている。こういう店の場合、ギャルソンとかセルヴーズとか呼ばれるのだろう。

二三は思わず店の中を見回した。あのイラン人のウエイターの姿はない。あれからもう三十年も経(た)つのだから、いなくても当然だが、やはり寂しかった。

フロアにいるのは若い男女二人だった。かつてはあのおじさんが一人で切り回していたが、今は若い二人が接客担当らしい。

一瞬、消息を聞こうとして思い止(とど)まった。どうせ知るまい。

「ふみちゃん、この店のおすすめは何？」

一子の声で我に返り、あわててメニューに目を落とした。

「え〜と……」

そこでまたしても戸惑ってしまった。かつてのメニューがない。鶏(とり)レバーのパテも、キノコのソテーも、白子の焦がしバターも、砂肝のエスカルゴ風も、鰯(いわし)のフリットも、牛頬肉の赤ワイン煮込みも、牛スジのカレーも、全部無くなっていた。

二三は一度メニューから顔を上げて心を落ち着かせ、前菜の欄から順番に料理を選択した。

「ええと、ホワイトアスパラのオランデーズソース、白身魚のカルパッチョ、キッシュ・ロレーヌ、真鯛のポワレ、仔牛のウィーン風カツレツ……デザートは後で注文しますので」

続いてワインリストを開くと、お安い品揃えだったかつての姿は一新され、一万円以下はハーフボトルだけになっていた。二三は仕方なく、乾杯用にグラスのスパークリングワインを頼んだ。

「ここ、すっかり変っちゃって……」

溜息交じりに言うと、一子はさもありなんという顔をした。

「だって、おしゃれで小ぎれいで、若向きだもの」

まだ早い時間だが、客席は半分以上埋まっていた。確かに、ほとんどの客は二十代と三十代で、中高年は二三と一子だけだ。

やがて、次々に料理が運ばれてきた。どれも決して不味くはない。それなりに美味しかった。ある程度良い食材を使って、フランス料理の手法に則って調理されているのが良く分る味だった。

とは言え、今の東京にはこの程度の料理を出す店は掃いて捨てるほどある。むしろ、この店と同じ料金を取りながら、不味い料理を出す店を探す方が難しいだろう。

二三と一子はグラスの白ワインと赤ワインを頼み、デザートまで食べて食事を終えた。勘定は二人で二万円弱だった。

別に高いとは思わない。適正な値段だと思う。しかし、かつて五千円でたらふく飲み食いした記憶が、今のこの店に物足りなさを感じさせた。これなら何処にでもある普通のビストロではないか。

しかし、この店のリニューアルは大成功だったようだ。二三たちが席を立つ頃には店は満席で、二回転目に入っているテーブルもいくつかあった。

「何だか、複雑な心境だわ」

店を出ると、二三はホウッと溜息を吐いた。

「私は前の店がお気に入りで、ずっとあのままでいて欲しかったんだけど、でも、リニューアルしなかったら、今頃は潰れていたかも知れない」

一子も感じるところがあったようだ。

「きっと、人に運命があるように、店にも運命があるんじゃないかしらねえ」

「……運命」

「そう。理不尽で、予想のつかないもの」

一子は感慨深げに遠くを見つめた。

「数学なら、一足す一は必ず二になるけど、人生はそうはならないものね。優しくて正直で努力家で、非の打ち所のない善い人が、その人に相応しい幸せな人生を送れるかっていったら、必ずしもそうじゃない。むしろ、みんなから憎まれるイヤな奴の方が、大きな成功を手に入れたりする。店も同じよ。どんなに誠心誠意頑張っても、五年先、十年先なんて、誰にも分らないわ。一寸先は闇とは、よく言ったものよ」

一子は両親から聞かされた話を想い出していた。亡き両親は当時木挽町と呼ばれていた東銀座でラーメン屋を開店する前、松竹大船撮影所の前に店を構えていた。そこでスターを目指す男女の悲喜こもごもを見聞きしたのだ。

「美人で演技力があっても女優として大成しないで消えてしまう人もいれば、顔も演技もそれほどでもないのにスターになってしまう人もいる。それは多分、持って生まれた星が違うんだよ」

一子の美貌は少女時代から評判で、高校生になると、何社もの映画会社から女優にスカウトされた。しかし、まったく心が動かなかったのは、その話が身に沁みていたからだ。そして孝蔵と出会い、結婚して〝佃島の岸惠子〟と謳われるようになった……。

「人に臨機応変が大事なように、店も変らないと時代に取り残されてしまうんでしょう。それに、ふみちゃん……」

一子は並んで歩く二三に顔を向けた。

「あの店に、もう長いこと行ってないんでしょ？」

「あ、そうだった……そうよね」

二三は思わず苦笑を漏らした。

「三十年も行ってないのに、偉そうなこと言えないわよね」

二三が通わなくなってからの長い年月、ワインテラスは必死に生き残ってきたのだ。リニューアルされて昔の面影がなくなったからと言って、文句を言えた義理ではない。新しく通い始めた若い客たちには、やがて想い出の店になるかも知れない。

「これでいいのだ！」

二三は赤塚不二夫のマンガで読んだ大好きな決めゼリフを、力強く唱えた。


翌日の四日は、銀座でランチを楽しんだ後、久しぶりにロードショーを観て、日本橋の天ぷら屋で夕食を摂る予定だった。

天ぷらは一子が知っている店、ランチは二三がネットで調べた、銀座七丁目にある中華料理店を予約しておいた。フカヒレの姿煮と北京ダックが付いて一人前約五千円という、お得なコースである。

店内はきれいで料理も美味しく、サービスもまあまあで、二人とも大いに満足した。

「まだ時間があるから、ちょっと散歩して行こうか?」

店を出てから一子が言った。

「この近くに昔、洋服を買ってた店があるのよ。今はもう、やってないかも知れないけど」

銀座といえども高い店ばかりではない。表通りから裏に入れば、リーズナブルな価格で婦人服を売る専門店もある。

二人は西五番街通りをブラブラと歩き、五丁目へ向った。

「銀座も変ったねえ」

「ほんとに」

二十年ほど前、銀座には再開発の波が押し寄せ、中央通りには海外ブランドが軒並み進出した。最近では老舗の松坂屋が解体されて〝GINZA SIX〟も誕生し、以前と比べ景観は一新した。裏通りも例外ではなく、古い建物が次々取り壊されて新しいビルが建っている。

その変り様は、かつて銀座界隈を活動拠点にしていた二三でさえ、目を疑うほどだった。新しい街並はきらびやかだが、かつての落ち着いたシックな雰囲気は失われつつある。趣味の良い個人商店などは、絶滅の危機に瀕していると言っても良いだろう。

一子は六丁目の半ばで足を止めた。目の前は新築のビルで、海外ブランドの看板が出ている。一子はそのまま二十秒ほど立ち尽くし、黙ってビルを見上げていたが、やがて二三を振り返り、ひょいと肩をすくめた。

「跡形もなくなっちゃったわ」

「ここにお店があったの？」

「小さなブティックと、帽子の店と、和装小物の店。あの一角が、まとめてこのビルになっちゃったみたい」

「……残念ね」

「しょうがないわよ。時代の流れだから」

一子は腕時計を目に近づけた。

「まだ映画まで時間があるわ。あんみつでも食べない？」

「食べる、食べる！」

二人は中央通りに出たが、若松・鹿乃子・とらやなど、有名どころは満席で空き待ちだった。

仕方なく六丁目の裏通りにある甘味処に入った。そこも混んでいたが、かろうじて空いていたテーブル席が一つあったので、二三は案内も待たずに店内に突進し、ドシンと腰を下ろして「お姑さん、こっち、こっち！」と一子を呼んだ。

周囲の客は呆れ顔で、いささか顰蹙を買ってしまった。それは充分承知だが、満員の通勤電車で、席が空くや否や尻を滑り込ませた本能が呼び覚まされてしまったのだから仕方ない。おばちゃんは麒麟に強い生き物なのだ。

「いらっしゃいませ」

学生アルバイトのような若いウエイトレスがメニューを小脇に、おしぼりと水を運んできた。表情に困惑が表れている。そんなに迷惑だったのかしらと、二三は少し反省した。

「私、白玉クリームあんみつ。お姑さんは？」

「ええと……葛切り（くずき）りで」

二三はグラスの水を一気に飲み干し、手を挙げて「お水、お代わり下さい」と頼んだ。

店内は甘味処らしく、男性客は窓際の席に座っている若いカップルだけで、後は全て女性客だった。そして、銀座の甘味処としては客層は若く、二十代と三十代が多い。四十代と二十代の二人連れは母子（おやこ）だろうか？　いや、違う。全然似ていない。

「要と万里君は今頃、どうしてるかねえ？」

「待って。メール確認してみる」

二三はバッグを開けてスマホを取り出した。その拍子に映画の前売りチケットを床に落としてしまい、拾おうと身を屈（かが）めた。

チケットに手が届いたとき、窓際の席のカップルの足下が目に入った。

あれ？

チラッと違和感を覚えたのは、二三が元服飾バイヤーだったからだろうか。女性は明るいベージュのパンツスーツで、それは良いのだが、靴がパンプスではなく、一見パンプスだが底がゴム製の、ウォーキングシューズを履いていた。

せっかくカレシと銀座でデートするのに、ウォーキングシューズなんか履くかなあ？

カップルは男女とも背が高く、肩幅が広くて体格が良かった。女性は髪はショートだが控えめに化粧し、インナーはクリーム色のボウタイ付きブラウスで、それなりにおしゃれに気を遣っている。それが何故、あんな無粋な靴を履いているのだろう？

「どう、メール来てた？」

一子の声で、二三はあわててスマホに注意を戻した。

「要はなし。あの親不孝者が。万里君は今日は帯広駅から士幌線の跡をたどって北上して、十勝三股まで行きましたって。明日は帯広を南下して、広尾線の跡をたどる予定ですって」

「そう言われても、わかんないわねえ。鉄道のことはチンプンカンプンで」

二三は広尾線をネット検索してみた。

「お姑さん、広尾線には〝愛国〟と〝幸福〟って駅があったんですって。そう言えば、聞き覚えあるわ」

一時は全国から愛と幸せを求める鉄道ファンが集まって話題になったが、広尾線は一九八七年に廃線となった。

「まあ、とにかく実り多い旅を満喫してるようで、結構なことだわ」

そこへウエイトレスが注文の品を運んできた。

「お待たせいたしました」

二三は早速アイスクリームをスプーンですくい、一子は葛切りを箸でつまんで黒蜜に浸した。

デザートは別腹と言うが、二三は白玉クリームあんみつを食べているうちに、ムラムラと新たな食欲が湧いてきた。

「ねえ、お姑さん、メニューに粟ぜんざいがあったでしょ。二人で半分こしない?」

「良いわよ、どうぞ」

一子は笑いをかみ殺した。どうせ一子が一口味見した後は、二三が全部食べるのだ。

「すみません」

手を挙げてウエイトレスを呼びながら、二三は素早く周囲を見回した。他のお客さんの注文状況を把握しておこうと思ったのだ。

あれ?

二三は再び微妙な違和感を覚えた。

どのテーブルのお客さんも、やたらに食べるのが遅いのだ。二三たちより先に来ていたはずなのに、どのテーブルもあんみつやパフェが半分くらい残っている。クリームがすっかり溶けてしまっているので、三十分以上放置されていたのは明らかだ。

「あ、あの、粟ぜんざい一つ、お願いします」

ウエイトレスが来たので注文を告げ、もう一度じっくり店内を観察した。すると、またまた奇妙な点に気が付いてしまった。

パンツスタイルばっかりじゃない？

二十代と四十代の二人連れ二組も、三十代の三人グループ三組も、スーツとチュニックの違いはあれ、みなパンツスタイルだった。確かにパンツスタイルは女性ファッションとして定着しているが、銀座の小さな甘味処の客が、全員パンツスタイルというのは偶然が過ぎるのではないか？

一人だけ例外がいた。奥のテーブルに一人で座っている三十代の女性で、シャネルスーツにフェラガモの靴を履き、ケリーバッグを脇に抱えていた。連れでも来るのか、四人掛けのテーブルを一人で占領している。険のあるきつい顔だがそれなりの美人で、完璧に化粧していた。そして、石膏で固めたように表情が硬かった。

と、一子がそっと顔を近づけ、小声で言った。

「ふみちゃん、この店、静か過ぎない？」

言われて初めて気が付いた。白玉クリームあんみつと一子とのおしゃべりに夢中で気が付かなかったが、確かに静か過ぎる。甘味処というのは女同士のおしゃべりに花が咲き、喧しいくらいが普通なのに、この店の客たちはほとんど会話しない。

あんみつは食べない、おしゃべりはしない……それじゃ何のために甘味処に入ったの？

二三は窓際のカップルを盗み見た。この二人も最前からじっと黙ったまま畏まっている。とてもデートしている雰囲気ではない。二人の横顔は緊張で強張っている。

もしかして、別れ話でも始まったの？　男の母親が結婚に反対しているとか、女が不倫していたとか、男が二股交際していたとか、それがバレて険悪になってるわけ？

しかし、すぐに思い直した。険悪な男女が一緒に甘味処へ入るわけがない。行くとしたら喫茶店だろうか？

やがて、この店全体が異様な緊張感に覆われていることに、イヤでも気が付いた。真綿でジワジワと首を絞められるような、スリルとサスペンスに満ちた空気が漂っているのだ。

「お姑さん、この店、何だかおっかない」

声を潜めて囁くと、一子も黙って頷いた。

二三は一生懸命、これに似た経験を思い出そうとした。

かつて、青山霊園の近くの喫茶店に入ったとき、店にいた先客が全員喪服姿だったこと。会社の同僚と〝隠れ家和食レストラン〟に行ったとき、二三たち以外の客が全員〝不倫カップル〟だったこと。

産業医のクリニックにインフルエンザの予防注射を打ちに行ったとき、待合室にいた先客が全員インド人だったこと……もちろん、二三にはインド人かパキスタン人かスリランカ人か分らなかったが、彼らは同じビル内のインド料理店の従業員で、やはりインフルエンザの予防注射を打ちに来ていたのだった。

ああ、ダメダメ、全部違う。

二三が我知らず首を振ったとき、新しい客が入ってきた。

「いらっしゃいませ」

四十代半ばのサングラスをかけた男性で、がっしりした体つきをしていた。店内を見渡すように入り口で立ち止まってから、まっすぐシャネルスーツの女性に近づいていった。

不思議なことに、男が入り口に現れた瞬間から、店内は騒がしくなった。笑い声としゃべる声が絶え間なく聞こえてくる。あのしかめっ面のカップルまでが、笑顔満開で「え〜、ウソでしょう」「いや、ガチでホントだから」とか何とか言い合っている。

な、なに、これ？

二三と一子は不審さに眉をひそめ、互いの顔を見合わせた。

奥のテーブルでは、ウエイトレスが注文を取って下がった。すると女は、脇に抱えたケリーバッグから封筒を取り出し、テーブルの下から男に手渡した。男は受け取った封筒を無造作に背広の内ポケットに入れ、そのまま立ち上がった。

同時に、窓際のカップルも伝票を手に立ち上がった。

男がテーブルから二、三歩離れた瞬間、レジに向っていたカップルがくるりと向きを変え、男に飛びかかった。男は身を振りほどこうともがき、カップルの男の股間を蹴り上げた。男はサングラスの男から手を放してうずくまったが、代わりに周囲のテーブルにいた女性たちが一斉に突進し、大乱闘が始まった。テーブルや椅子は倒れ、食器は割れ、怒号がこだました。

二三と一子は驚きのあまり棒立ちになったが、すぐに邪魔にならないように店の隅に移動して成り行きを見守った。

乱闘は五分あまり続いただろうか。結局は多勢に無勢で、サングラスの男は取り押さえられた。その時にはすでにサングラスは外れていたが。

四十代の女性が男の背中を膝で押さえつけ、右手を逆にねじ上げて、鋭い声で言い放った。

「松岡誠矢、業務上横領、私文書偽造の容疑で逮捕する！」

松岡の両手に手錠がかけられた。

「松岡誠矢、確保！」

松岡はシャネルスーツの女の方に首をねじ曲げ、悔しげに顔を歪めて睨み付けた。

「チカ、お前、俺を売ったな？」

松岡は憤怒のあまり見るも恐ろしい形相だったが、チカと呼ばれた女はバカにしたようにフンと鼻で笑った。

「悪いけどあたし、あんたと心中なんか、まっぴら」

突然、店内に屈強な男性たちがドヤドヤと入ってきた。いずれも警察官だろう。両側から松岡の腕をがっちり押さえて外に連行した。いつの間にか、店の前には警察車両が停車していた。

チカも女性警察官二人に挟まれて、店から出て行った。

「大変お騒がせいたしました。おけがはありませんでしたか？」

二三と一子の前に、松岡を取り押さえた四十代の女性が進み出て、「警視庁捜査二課の島津(しまづ)です」と名乗った。

「いえ、大丈夫です」

二三も一子もまだ心臓がドキドキしていたが、好奇心も同じくらいムクムクと湧き上がっていた。

「大捕物、すごかったですね」

「さっきの男、何やったんですか？」

口々に質問が飛び出す。島津は明らかに迷惑そうだったが、乱闘の場に居合わせた二人なので、仕方なく簡単に事情を説明した。

「松岡は過去五年に渡って勤務する銀行の金を横領していました。去年の監査で横領が明らかになると、逮捕状が出る前に逃亡したんです。先日、預けていた金を持ってくるようにと愛人宅に連絡があり、我々は通報を受けて張り込んでいたんです」

「なるほど、それで分った」

全てに合点がいく。

「あの店は、男の方が指定したんですか?」

「ええ、まあ」

二三と一子は大きく頷き合った。

「だとしたら、結構目の付け所が良いわね」

甘味処は女の花園だ。男の刑事が大勢ウロウロしていたら怪しまれる。張り込むとしたら女性に限る。

「女なら、何とかかわして逃げられると思ったのよ」

「女を舐めてたのね」

「だから結局、女に裏切られたんだわ」

「いい気味」

島津はうんざりした顔で二人を見比べた。

「とにかく、そういう事情なので、一般の方は立ち入らないようにご遠慮願っていたんです。お二人がガードを突破していらっしゃるなんて、想定外でした」

「お邪魔して、すみませんでした」

二三と一子は神妙に頭を下げたが、すぐに晴れ晴れとした笑顔になった。

「でも、お陰様で面白いものを拝見できました」

「何だか、胸がスッとしちゃって。ありがとうございました」

「寿命が延びたような気がしますよ」

島津は渋々愛想笑いを浮かべた。おばちゃん二人のパワーの前に、さしもの女刑事もお手上げの様子だった。


「おはようございます！」

八日ぶりに会う万里は、北海道の平原を走り回ったせいか、少し日に焼けていた。

「お休み、どうもありあとっした。これ、お土産」

定番の「白い恋人」とカーリング女子の〝もぐもぐタイム〟ですっかり有名になった「赤いサイロ」のチーズケーキだった。

「あらあ、よく買えたわねえ。ありがとう」

「新千歳(しんちとせ)空港でゲット」

万里は精米機からプラスチック製の樽(たる)に米を空け、流しに運んで研ぎ始めた。

「どうだった、旅は？」

「スゲー良かった。それに、色々考えさせられちゃったよ」

一子は味噌汁の具を準備し、二三はサラダ用の野菜を切り始めた。

「北海道は日本で三番目に鉄道が敷かれた土地なんだって。それが、どんどん廃線の憂き目に遭ってさ。国鉄の時代から採算が取れないって言われてたけど、日本中の赤字路線全部廃止しても、JRの赤字の一割も解消しないって、鉄道マニアの奴が言うんだ」

「あら、そうだったの？」

「俺も聞いてビックリだよ。赤字ならしょうがないと思ってたけど、そんなら廃線はないよな。福利厚生のために、鉄道残してやれば良かったのに」

万里は研いだ米を五升炊きの釜に移し、水加減をしてからガス台に載せ、タイマーを三十分で仕掛けた。

「万里君、メンチに衣付けるの手伝って」

「へ〜い」

今日の日替わり定食の一品はメンチカツだ。挽肉とタマネギのみじん切り、パン粉、卵を混ぜ合わせて塩胡椒したネタは、昨日のうちに作っておいた。後は小判形に形成して、小麦粉・卵液・パン粉の順で衣を付ける。

万里は忙しく手を動かしながら、本日のランチメニューを書き出した黒板を確認した。

「おばちゃん、〝牛スジの麻婆煮込み〟って何？」

「ああ、急に思い付いたの。ランチ食べに行った店で〝牛スジのカレー〟を思い出したので、そんなら麻婆ソースで煮込んでみようかなって」

「グッドアイデア！」

「昨日のうちに牛スジを圧力釜でトロトロに煮ておいたのよ。お醤油で甘辛く煮たのはよくあるけど、カレーや麻婆は珍しいでしょ」

　一子が言葉を添えた。

「うん、絶対行ける。おばちゃん、余ったら夜も出そうよ」

「もちろん」

　タイマーが鳴った。二三はご飯釜のガスに点火した。

　これから三十分以内に全ての調理を終えないと、開店時間に間に合わない。万里は魚を焼き、一子は煮魚の火加減を調節し、二三は小鉢の盛り付けに取りかかった。

「ねえ、突然思い付いたんだけど、寒くなったら、豆腐の代わりに白子で麻婆やってみない？」

「麻婆白子？」

「そう。酒の肴に良いと思うんだ。絶対受けるよ」

「お姑さん、どう思う？」

「良いと思うわ。白子もポン酢で食べるだけが能じゃないわよ。ほら、ふみちゃんの好きだったお店に、白子の焦がしバターって料理があったんでしょ。あれも挑戦してみない？」

万里が目を輝かせた。

「なに、それ？　スゲー美味（うま）そう」

「万里君なら、そう言うと思った」

二三は一子を見て、ニヤリと笑った。

「お姑さん、これからもどんどん新メニューに挑戦しよう。うちの若頭は今風の料理に強いから、鬼に金棒よ」

「まったくだ」

万里はちょっとくすぐったそうな顔をしたが、嬉しがっているのは分っていた。

「そうだ、俺、北海道でジンギスカンにハマったんだ。そのうち、ラム肉も試してみない？」

「それも良いわねえ。高タンパク低カロリーで、今、女性に人気あるって、要が言ってたわ」

三十分後、再びタイマーが鳴った。炊飯と蒸らしが終り、ご飯を保温ジャーに移す合図である。

万里は釜を調理台に載せた。蓋を開けると、炊きたてのご飯の甘く懐かしい香りがフワりと立ち上る。

二三が釜の前に立ち、大きなしゃもじを二本使って、ご飯をジャーに移してゆく。

本日のはじめ食堂のランチメニューは、日替わり定食がメンチカツと牛スジの麻婆煮込み、焼き魚は赤魚の粕漬け、煮魚はカジキマグロ。小鉢は洋風おからと半熟煮卵。味噌汁はカブ。漬け物はキュウリと茄子の糠漬け。これにサラダが付いて、ご飯と味噌汁はお代わり自由。一食七百円は高いか、安いか？

「はい、おしのぎ！」

二三は釜に残ったお焦げに塩とゴマを振り、小ぶりのおにぎりを握ってしゃもじに載せ、一子と万里に差し出した。

あと十分で、はじめ食堂のランチタイムの始まりだ。

本書は「ランティエ」二〇一八年三月号から七月号に、連載された作品です。

食堂のおばちゃんのワンポイントアドバイス

『ふたりの花見弁当　食堂のおばちゃん４』を読んで下さって、ありがとうございます。

恒例により、作品に出てきた料理のレシピをいくつかご紹介します。料理が苦手な方も初心者の方も、安心して下さい。難しい料理やお金のかかる料理は入ってません！　簡単で安くて美味しい料理ばっかりです！

さあ、この機会に、挑戦してみましょう。失敗しても大丈夫。次は美味しく作れますからね。

①牡蠣(かき)と白菜のクリーム煮

〈材　料〉４人分

牡蠣（加熱用）２パック　白菜半分　ベーコン１００g
生クリーム１パック　コンソメスープの素　適量
オリーブ油　バター　小麦粉　塩　コショウ　酒　カレー粉　各適量

〈作　り　方〉

●鍋にざく切りにした白菜を入れ、ひたひたよりちょっと多めの水とコンソメスープの素を入れて火にかけ、酒を振って軟らかくなるまで煮る。
●フライパンにオリーブ油を引いてベーコンを焼く。ベーコンの脂が出たら、牡蠣に小麦粉とカレー粉をまぶし、軽く焼く。
●焼き色を付けた牡蠣とベーコンを鍋に入れ、小麦粉のとろみが全体に回るように煮る。仕上げにバターと生クリームを入れ、塩・コショウで味を調えて出来上がり。

〈ワンポイントアドバイス〉

☆牡蠣には生食用と加熱用がありますが、それは鮮度の違いではなく、養殖場所の違いで決まります。生で食べるのでなければ、加熱用を使って下さい。加熱用の方が美味しいです。

☆お好みでパセリをふりかけて下さい。

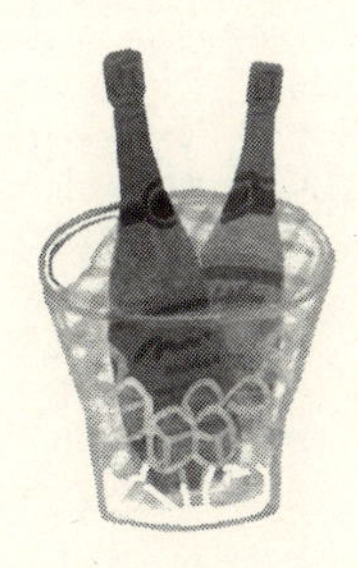

②白菜とベーコンの中華風クリーム煮

〈材　料〉４人分

白菜半分　厚切りベーコン４００g　牛乳５００～８００cc
中華スープの素　バター　片栗粉　塩　コショウ　酒　各適量

〈作　り　方〉

●鍋に切ったベーコンを入れて炒め、次に大きめに切った白菜を入れて炒め、酒を振って蓋をする。白菜に充分火が通ってしんなりしたら、牛乳を加えて煮て、バターを入れる。
●中華スープの素で味を付ける。最後に水溶き片栗粉を入れてとろみを付け、塩・コショウで味を調える。

〈ワンポイントアドバイス〉

☆ベーコンは厚切りがお勧めです。
☆普通にベシャメルソースで煮ても、勿論美味しいですよ。

③春菊と干しエビの中華風お浸し

〈材　料〉４人分

春菊1〜2束　干しエビ小1袋　めんつゆ　ゴマ油　各適量

〈作　り　方〉

●春菊を5センチくらいの長さに切って軽く茹で、水気を絞る。

●めんつゆをそばつゆくらいの濃さになるまで水で割ってゴマ油を落とし、春菊と混ぜて干しエビを入れる。

●好みでニンニク・生姜（しょうが）・煎（い）りゴマなどを加えても美味しい。

④カブと鶏肉団子のゼリー寄せ

〈材　料〉４人分

鶏モモの挽肉２００g　カブ４〜６個　卵１個　根生姜１片

中華スープの素　昆布出汁（顆粒）　酒　醤油　片栗粉　塩　各適量

粉ゼラチン（表示を見て量を加減して下さい）

〈作　り　方〉

●生姜をみじん切りにする。鶏挽肉・卵・片栗粉・生姜を合わせ、酒を振り、塩を少し入れてよく混ぜる（A）。

●カブを４等分に切る。鍋に湯を沸かし、昆布出汁と中華スープの素を入れ、醤油で味を加減してからカブを入れ、軟らかく煮る。

●次にAを団子にして鍋に落とし、煮えたら火を止める。

●適量の粉ゼラチンを入れ、中身をバットに移し、あら熱が取れたら冷蔵庫で冷やし固める。

〈ワンポイントアドバイス〉

☆コツさえ摑(つか)めば、ゼリー寄せは簡単で保存が出来て見た目もきれいな優れものです。具沢山のスープをゼラチンで固めた料理とお考え下さい。材料を変えれば和風にも洋風にもなりますよ。

⑤カリフラワーのオーブン焼き・ガーリックバター風味

〈材　料〉４人分

カリフラワー2個　ニンニク　塩　コショウ　バター　各適量

〈作り方〉

●カリフラワーを洗って小房に切り分け、ニンニクは薄切り。

●オーブンを２００度に設定して予熱しておく。

●カリフラワーを耐熱容器に入れて塩・コショウを振り、ニンニクとバターをのせる。そのままオーブンで１５～２０分加熱する。

〈ワンポイントアドバイス〉

☆加熱の途中で容器に溶けたバターをかけると、味が浸みます。

一人半個くらい、ペロリと食べられますよ。

⑥スペイン風ポテトチップス

〈材　料〉４人分

ジャガイモ（〝ひね〟のメークイン）４個

エキストラ・バージンオリーブオイル　塩　各適量

〈作り方〉

●ジャガイモは皮を剝き、厚さ1ミリにスライスする。スライサーを使うと便利。

●スライスしたジャガイモを氷水にさらしてぬめりを取り、水気を拭く。

●オリーブ油を１６０度に熱し、ジャガイモを入れたら、網杓子でかき混ぜながら1分３０秒揚げる。油の温度は１６０度にキープする。火加減が難しいので、温度計を使った方が良い。

●揚がったジャガイモをキッチンペーパーに取り、約２０センチの高さから塩を振り、器に盛る。

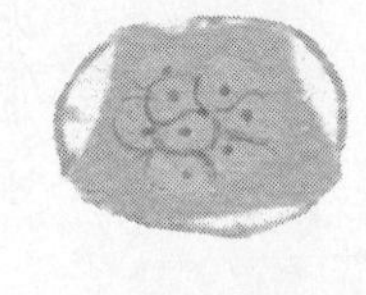

⑦根三つ葉と白魚の卵とじ

〈材　料〉４人分

根三つ葉大１束　白魚３００g　卵４個

ほんだし　酒　薄口醤油　みりん　各適量

〈作　り　方〉

●鍋に水を入れて沸かし、ほんだし・酒・みりん・薄口醤油を入れて味を付ける。

●洗って５センチくらいの長さに切った三つ葉を入れる。

●再び沸騰したら、水洗いした白魚を加える。

●白魚にさっと火が通ったら、溶き卵を回し入れ、白身が白っぽくなったら蓋をして火を止める。後は余熱で火が通る。

〈ワンポイントアドバイス〉

☆根三つ葉も白魚も、春の風物詩です。味加減が難しかったら、市販の液体出汁を使ってもＯＫ

です。日本酒が進む一品ですよ。

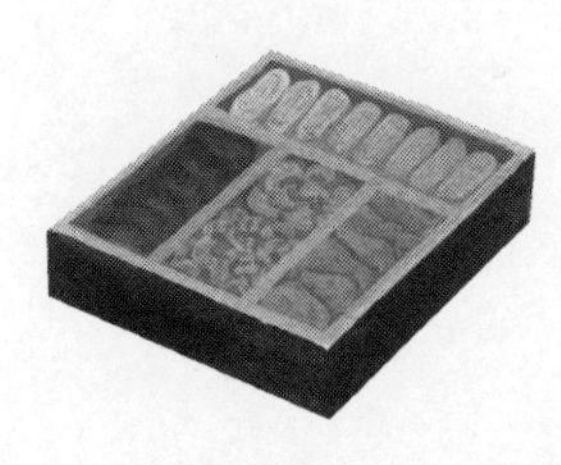

⑧蕗（ふき）のアンチョビ炒め

〈材　料〉４人分

蕗15〜16本　アンチョビペースト適量

オリーブ油　塩　黒コショウ　カラーペッパー　各適量

〈作り方〉

●鍋に湯を沸かして塩を入れ、蕗を3分ほど茹で、冷水にさらす。

●冷めたら蕗の皮を剝き、3センチくらいの長さに切る。

●フライパンにオリーブ油を入れ、蕗をアンチョビペーストと塩・黒コショウで、色が変るまでしっかり炒める。

●器に盛り、カラーペッパーを振る。

〈ワンポイントアドバイス〉

☆日本の食材を洋風にアレンジ。アンチョビの塩気を見て塩・コショウを加減して下さい。蕗はアクさえ抜けば爽（さわ）やかな味です。

⑨日向夏（ひゅうがなつ）のサラダ

〈材　料〉４人分

日向夏２個　新玉ネギ１個　キュウリ１本　トマト１個
生ハム適量　モッツァレラチーズ１パック　フレンチドレッシング適量

〈作　り　方〉

●玉ネギはスライスして水にさらしておく。キュウリとトマトは乱切りにする。日向夏は皮を剝いて食べやすい大きさに切る。

●野菜類をざっと混ぜ合わせて器に盛り、日向夏・生ハム・モッツァレラチーズをトッピングして、フレンチドレッシングをかける。

●上級者は、ドレッシングを手作りして下さい。

⑩特製コロッケ資生堂風

〈材　料〉４人分

ジャガイモ大４個　玉ネギ１個　豚挽肉２００ｇ

牛乳　小麦粉　バター　塩　コショウ　各適量

市販のパスタ用トマトソース　卵　パン粉　油　各適量

〈作り方〉

●厚手の鍋にバターを溶かし、小麦粉を入れ、焦がさないように炒める。小麦粉がパラパラになったら冷ます。再び火にかけて少しずつ牛乳を加えて練り、固めのベシャメルソースに仕上げる。

●完成したら冷蔵庫に入れて冷やし固める（Ａ）。

●ジャガイモを茹でて皮を剝き、ポテトマッシャーで潰（つぶ）す。

●玉ネギをみじん切りにして挽肉と炒め、塩・コショウしたら潰したジャガイモと混ぜ合わせる（Ｂ）。

●Ｂを冷ましてからＡと混ぜ合わせ、少し薄めの味加減にしたら、俵形（たわらがた）に成形する。それに小麦粉・溶き卵・パン粉の順で衣を付け、揚げ油で揚げる。

●市販のトマトソースを鍋に入れて熱し、牛乳（あるいは塩気のないスープ）で伸ばして味の濃さを調整する（C）。
●器にCのソースを引き、揚げたてのコロッケを盛り付ける。

〈ワンポイントアドバイス〉

☆「食堂のおばちゃん」シリーズでは何度も申しましたが、コロッケは家庭料理の王様です。一番作業工程の多い料理です。コロッケが作れたら他の料理は全部作れます。コロッケを制するものは料理を制す！　今回は更にグレードアップしたコロッケを紹介します。一度挑戦してみて下さい。

⑪釜揚(かまあ)げシラスとアスパラのパスタ

〈材　料〉４人分

グリーンアスパラ８本　釜揚げシラス５０g　スパゲッティ適量
ニンニク　オリーブ油　鷹(たか)の爪(つめ)　塩　コショウ　各適量

〈作　り　方〉

●アスパラは根本の硬い皮を剝き、長さ３センチに切ってから、縦に細く切る。
●フライパンにオリーブ油を入れて熱し、釜揚げシラスを入れて揚げ焼きする。シラスはいちどフライパンから引き上げる。
●スパゲッティを茹で始める。
●フライパンにオリーブ油を引き、ニンニクのみじん切りと鷹の爪をじっくりと炒める。ニンニクの色が変ったら、アスパラを加えて炒め、塩・コショウする。そこに茹で上がったスパゲッティと、茹で汁少々を入れて混ぜ合わせる。最後に揚げ焼きしたシラスも加えて器に盛る。

⑫ハマグリの煮麺（にゅうめん）

〈材　料〉４人分

ハマグリ大８個　素麺（そうめん）適量　三つ葉（白髪ネギ・木の芽・菜の花などでも）少々

昆布出汁（顆粒）　酒　薄口醤油　各適量

〈作　り　方〉

●ハマグリの砂抜きをする。

●鍋に水を入れて火にかけ、昆布出汁と酒を入れ、沸騰させてアルコールを飛ばしたら薄口醤油で味を調え、冷ます。ハマグリを入れて再加熱する。

●貝の口が開いたら、アクを取り、ちょっと煮て旨味（うまみ）成分を汁に出させた後、火が通り過ぎないように引き上げておく。

●茹でた素麺を器に盛り、上から汁をかけてハマグリを載せ、最後に三つ葉をトッピング。

〈ワンポイントアドバイス〉

☆お腹（なか）がいっぱいでも別腹で食べられる一品です。煮麺は〝素麺の入った汁物〟なので、色々な材料でお試し下さい。

⑬アサリチャーハン

〈材　料〉４人分

アサリ２パック　ご飯　生姜　酒　醤油　青ネギ　各適量

中華スープの素（顆粒）　サラダ油　ラード　塩　コショウ　各適量

☆これは〝アサリの酒蒸し〟の残りを利用して作るチャーハンなので、まずはそちらのレシピから紹介します。

〈作　り　方〉

●アサリの砂抜きをする。

●フライパンにサラダ油を入れて熱し、アサリを入れて酒を振り、フライパンをゆすりながら強火にかける。口が開いたら塩・コショウを振り、千切りの生姜を散らして蓋をする。火を止めて器に盛り、青ネギの小口切りを散らせば酒蒸しの出来上がり。

●このアサリを殻から外しておく。

●中華鍋にサラダ油とラードを半々に加えて熱し、ご飯を入れて炒め、中華スープの素と塩・コショウで味付けする。

●そこに殻を外した酒蒸しのアサリと青ネギの小口切りを加え、仕上げに醤油を鍋肌から垂らし入れ、よく混ぜて器に盛る。

〈ワンポイントアドバイス〉

☆アサリの酒蒸しはニンニクを使っても美味しいですよ。

さて、食堂のおばちゃんのワンポイントアドバイス、お役に立ちましたでしょうか?

そうそう、私はものすごい大食いなので、レシピの量は頭から信用しないで、ご自身のお腹と相談して下さいね。

本書には他にも簡単で安くて美味しい料理がいっぱい載っています。そして、日本にはまだまだ美味しい物が沢山あります。

これからも美味しい料理を探究しながら、皆さまの心と胃袋を満たす物語を書き続けたいと思います。

どうぞ、末永くよろしくお付き合い下さい。

ハルキ文庫

ふたりの花見弁当（はなみべんとう） 食堂（しょくどう）のおばちゃん❹

著者 山口恵以子（やまぐちえいこ）

2018年 8月18日第 一 刷発行
2023年 4月 8 日第十二刷発行

発行者 角川春樹

発行所 株式会社角川春樹事務所
〒102-0074 東京都千代田区九段南2-1-30 イタリア文化会館

電話 03(3263)5247(編集)
03(3263)5881(営業)

印刷・製本 中央精版印刷株式会社

フォーマット・デザイン 芦澤泰偉
表紙イラストレーション 門坂 流

ISBN978-4-7584-4196-4 C0193 ©2018 Eiko Yamaguchi Printed in Japan
http://www.kadokawaharuki.co.jp/[営業]
fanmail@kadokawaharuki.co.jp[編集]　ご意見・ご感想をお寄せください。